弗兰妮与祖伊
Franny and Zooey

[美国] J.D. 塞林格 著　丁骏 译

译林出版社

图书在版编目（CIP）数据

弗兰妮与祖伊／（美）J. D. 塞林格（J. D. Salinger）著；丁骏译. —南京：译林出版社，2022.3

（塞林格作品）

书名原文：Franny and Zooey

ISBN 978-7-5447-8817-5

Ⅰ.①弗… Ⅱ.①J… ②丁… Ⅲ.①中篇小说－美国－现代 ②短篇小说－美国－现代 Ⅳ.①I712.45

中国版本图书馆CIP数据核字（2021）第204021号

Franny and Zooey by J. D. Salinger
Copyright © 1955, 1957, 1961 by J. D. Salinger,
renewed 1983, 1985, 1989 by J. D. Salinger
This edition arranged with the J. D. Salinger Literary Trust
through Big Apple Agency, Inc., Labuan, Malaysia
Simplified Chinese edition copyright © 2022 by Yilin Press, Ltd
All rights reserved.

著作权合同登记号　图字：10-2019-707号

弗兰妮与祖伊 [美国] J. D. 塞林格／著　丁骏／译

责任编辑	王　玥
装帧设计	一千遍
校　　对	戴小娥
责任印制	颜　亮

原文出版	Little, Brown and Company
出版发行	译林出版社
地　　址	南京市湖南路1号A楼
邮　　箱	yilin@yilin.com
网　　址	www.yilin.com
市场热线	025-86633278
排　　版	南京展望文化发展有限公司
印　　刷	上海中华商务联合印刷有限公司
开　　本	850毫米×1168毫米　1/32
印　　张	7.25
插　　页	4
版　　次	2022年3月第1版
印　　次	2022年3月第1次印刷
书　　号	ISBN 978-7-5447-8817-5
定　　价	55.00元

版权所有·侵权必究

译林版图书若有印装错误可向出版社调换。质量热线：025-83658316

一岁的马修·塞林格曾经鼓动一起吃午饭的小朋友接受一颗冻青豆；我则尽力秉承马修的这种精神，鼓动我的编辑、我的导师、我最亲密的朋友(老天保佑他)威廉·肖恩收下这本不起眼的小书。肖恩是《纽约客》的守护神，是酷爱放手一搏的冒险家，是低产作家的庇护者，是无可救药的浮夸之人的辩护手，也是天生伟大的艺术家编辑中谦虚得最没道理的一位。

目 录

001 弗兰妮

047 祖伊

弗兰妮

星期六的早晨晴空万里,却还是得穿大衣的天气;一个礼拜以来都是穿一件外套就够了,人人盼着周末也能这么暖和——这个周末耶鲁有比赛。车站里有二十来个年轻人,都是来接女朋友的,十点五十二分那班火车。顶着严寒等在露天站台上的不超过六七个,其余的站在有暖气的候车室里聊天,三三两两扎成堆,脱了帽子,个个吞云吐雾。这群年轻小伙一开口都是清一色大学生知识分子的腔调,不管轮到哪个说话,没一个不拔尖了嗓子,一通慷慨陈词,就好像是在一劳永逸地解决某个极端有争议的问题,正是这个问题让大学外面的那个世界一筹莫展,已经瞎忙活了几个世纪。

等在露天站台上的六七个男孩里就有赖恩·康特

尔,他穿一件带有羊毛衬里的博柏利防雨大衣。说康特尔是这群人中的一员,感觉又不太像。他背对着基督教科学会的免费取阅读物架,没戴手套,双手插在外套口袋里,有十几分钟他都故意站在其他男孩的谈话圈之外。他的脖子上随意地围着一条褐紫色的羊绒围巾,几乎挡不了什么寒气。突然,康特尔的右手从外套口袋里抽了出来,开始漫不经心地整理围巾,但是才弄了一半又改变了主意。他用同一只手伸进外套,从夹克内袋里取出一封信,随即读了起来,嘴巴微微张着。

信写在——用打字机打在——淡蓝色的信纸上。看上去已几经折腾,有点旧,像是被人从信封里掏出又塞进,读过好几遍了。

      我想是星期二吧

最最亲爱的赖恩:

  不知你是否能看明白这封信,今晚寝室里吵得不行,我几乎没法集中思想。所以如果我拼错单词,请行行好别太在意。顺便说一句,我已经接受了你的建议,最近常常会查词典,所以如果没了我的风格就都怪你。管他呢，反正我刚收到你的美妙来信，我爱死你了，我疯了，我等不及到周末了。住不进克洛福特楼太没劲了，但其实我也不在乎到底住哪里，只要暖和，没虫子，而且又能常常见到你就行了，我是说，每分钟都能见到你。我最近已经——我是说，我快发疯了。我太喜欢你的信了，尤其是关于艾略特的那部分。我觉得自己除了萨福之外越来越看不上任何别的诗人。我读萨福读得发疯，求你别笑话我。我甚至可能期末论文就写她了，如果我毕业时想拿荣誉的话，而且得他们指定给我的那个白痴导师点头同意。"温柔的阿杜尼丝正在死去，西塞瑞，我们该怎么办？捶胸吧，姑娘们，撕裂你们的衣裙吧。"**棒极了吧**？萨福自己就是那么**干**的。你爱我吗？你那封可怕的信里一次都没提你爱我。我真烦你有时候一副超级男人、缄默不语（没写错吧？）的样子，真是无药可救了。我不是真的**恨**你，但是我天生讨厌强悍沉默的男人。不是说你不强悍，但是你知道我的意思。房间里太吵了，我几乎没法集中思想。管他呢，反正我爱你，要是我能在这个疯人院里找到一张邮票我就寄特快,这样你就有足够的时间看信了。我爱你我爱你我爱你。你到底知不知道这十一个月以来我一共才和你跳了**两次**舞?在凡戈达那次你太一本正经了不能算。下次见面我可能会不自然得要命。顺便说一句,要是这玩意儿也有个正式的接待仪式我就杀了你。星期六见,我的小花!!

爱你

弗兰妮

××××××××
××××××××

又及:爸爸在医院拍的X光片子拿到了,我们都松了一口气。肿瘤还在变大,所幸不是恶性的。昨晚我跟妈妈通了电话。顺便说一句,她向你问好,所以你不用**担心**星期五那晚的事了。我觉得他们甚至都没有听到我们进门。

又又及:我给你写信的时候总是显得这么没水平,这么傻乎乎的。为什么呢?我允许你分析一下这个问题。让我们努力过一个特棒的周末吧。我是说如果可能,这回咱们说什么也别拼命分析这分析那了,尤其别分析我了。我爱你。

弗兰西丝(她的花押)

赖恩这一遍读得格外仔细,读到快一半的时候,他被雷·索莱森打断了——对赖恩而言这是被侵犯、被侵略——长相剽悍的索莱森问赖恩知不知道里尔克这个混蛋到底想说什么。赖恩和索莱森都选了现代欧洲文学课(课程代码251,只面向大四学生和研究生),这次的作业是读里尔克的《杜伊诺哀歌(之四)》,星期一要交差。赖恩和索莱森不是很熟,但是他对索莱森的脸和腔调有种隐隐的没得商量的反感。赖恩收起信,回答说他也不知道,但是他觉得大部分都读懂了。"你很走运,"索莱森道,"你是个幸运儿。"他的声音无精打采,好像他走过来跟赖恩说话完全是因为无聊或者焦躁,从没想过是为了任何人与人之间的对话。"上帝,可真冷。"他说道,从口袋里掏出一包烟。赖恩注意到索莱森驼绒大衣的翻领上有一个已经褪色的口红印,可仍然很扎眼。看上去口红印像是已经留在上面几个星期了,也许是几个月,但是赖恩跟索莱森没有熟到提口红印的程度,当然他也根本不在乎。更何况火车已经快到了。两个男孩都微微向左转过身去,面向正在开来的火车。几乎是在他们转身的一刹那,候车室的门砰的一声打开了,在里面取暖的男孩们开始走出来迎接火车,其中大多数都让人感觉仿佛每只手里至少拿着三支点燃的烟。

赖恩自己也在火车进站的时候点了一支烟。随后,他努力收起脸上所有的表情,这些表情可能会轻易地暴露,甚至可以说是美妙地暴露他对所接之人的真实情感。像赖恩这样接站的人太多了,也许只应该给他们发一张见习接站证。

弗兰妮是最先下车的几个女孩之一,她的车厢离得挺远,在站台的最北端。赖恩一眼就认出了她。不管他的脸上做着什么样的表情,他那只伸向半空的手臂还是说明了一切。弗兰妮看到了他的手,看到了他,便使劲地挥舞起自己的手臂。她穿着一件短毛浣熊皮大衣。赖恩快步向她走去,脸上依然不动声色,他压抑着激动之情,自顾自地理论着自己是整个站台上唯一真正**认得**弗兰妮这件大衣的人。他记得那次在一辆借来的车里,亲了弗兰妮大约半小时之后,又亲了她的大衣翻领,仿佛那也是大衣主人令人神往的有机延伸部分。

"赖恩!"弗兰妮开心地跟他打招呼——她不是个会抹掉自己表情的人。她伸手拥抱他,吻他。这是一个车站站台之吻——开始很自然,但是接下来就有些畏手畏脚,多少带点碰碰额头的意思。"你收到我的信了吗?"她问道,然后几乎是不换气地又道,"你看上去冻坏了,小可怜。你干吗不在里面等呢?你收到我的信了吗?"

"哪封信?"赖恩说,一边拎起她的手提箱。箱子是藏青色的,带白色皮镶边,跟其他刚刚被拎下火车的箱子一个模样。

"你没**收到**吗?我是**星期三**寄的。哦,天哪!我甚至把它拿到邮电——"

"哦,你是说那封信。收到了。你就这一个箱子?什么书?"

弗兰妮低头看向自己的左手,她正拿着一本豆绿色布面的小书。"这个?哦,没什么。"她答道。她打开手提包把书塞了进去,跟着赖恩沿着长长的站台往出租车等候处走去。弗兰妮挽着赖恩的手臂,基本上都是她在说

007

话。先是关于她包里的一条裙子,必须要熨烫一下。她说她有一个非常可爱的小熨斗,看起来像是玩过家家用的,可是忘了带过来。她说整个车上她认识的女孩不超过三个——玛莎·法拉、蒂比·提贝特,还有一个叫艾林娜什么的,忘了姓的那个,是她很多年前在寄宿学校的时候认识的,在埃克塞特,也可能是别的什么地方。车上其他人,弗兰妮说,看上去都是那种史密斯学院的女孩,除了有两个**绝对**是瓦萨学院出来的样子,还有一个绝对是本宁顿艺术学院或者萨拉·劳伦斯学院[1]的。那个本宁顿-萨拉·劳伦斯样的看起来就像一路上都躲在火车厕所里搞雕塑或者美术创作,要么就是她的裙子下面穿了一条紧身裤。赖恩走得有点快,他说自己很抱歉没能让她住进克洛福特楼——当然要住那里本来就是痴心妄想——但是他帮她弄到的那个住处非常不错,很舒服。房间不大,但是干净,等等。你会喜欢的,赖恩说,弗兰妮眼前马上浮现出一幢带白色护墙板的房子。三个互不相识的女孩住在一个房间里。谁最先到就把那个"高低不平"的单人床占为己有,另两个就得挤一个"床垫一流"的双人床。"好呀。"她带着刻意的热情答道。弗兰妮觉得有时候面对男性普遍的笨拙,还要掩饰自己的不耐烦,这种感觉真是糟糕透了,尤其是赖恩的笨拙。她回忆起在纽约时一个下雨的晚上,从剧院出来,赖恩硬是让一个西装革履、面目可憎的男人把出租车抢走了,这种过分的街边谦让简直到了可疑的程度。倒不是说她有多么在意——**上帝**,做男人然后还要在下雨天打到出租车真是可怕——但是她记得赖恩回头跟她打招呼时的眼神真的很吓人,充满了敌意。这会儿弗兰妮又为自己想起这些事情感到有些莫名其妙的内疚,于是她佯装亲密地轻轻抓紧赖恩的手臂。两人进了一辆出租车。带白皮镶边的藏青色手提箱被司机放在前排座位上。

"先把你的包和东西放到你的住处——就先扔在房间里——然后我们去吃中饭,"赖恩说,"我饿坏了。"他靠向前把地址递给司机。

"哦,见到你真好!"车子启动后弗兰妮说,"我**想你**。"话音刚落她就意识到这话根本不是真心的。她再次感到内疚,于是拉起赖恩的手,紧紧地,温柔地,跟他的手指交叉在一起。

大约一个小时之后，两人来到市中心一家名为"稀客来"的饭店，选了一张相对安静的桌子坐了下来。这家饭店颇受本地学生中专心学习的一拨人的青睐——耶鲁或者哈佛的学生们通常会漫不经心地把他们的女朋友带到这里，而不是"默里"或者"克鲁尼"饭店。据说这一带的饭店中只有"稀客来"的牛排不是**那么厚**——拇指和食指之间约一英寸的厚度。"稀客来"是吃蜗牛的地方。在"稀客来"，大学生和女朋友通常会各点一份色拉，或者很多时候两人谁都不点色拉，因为色拉酱里有大蒜。弗兰妮和赖恩都在喝马提尼酒。酒大约是十到十五分钟之前上的，赖恩尝了一口，然后往椅背上一靠，很快把房间扫视了一圈，明显有些沾沾自喜，因为他正在一个品位无可挑剔的地方和一位相貌无可挑剔的女孩约会——这个女孩不仅容貌极其出众，而且更重要的是，她好看得一点儿都不落俗套，不是那种羊绒毛衣和法兰绒短裙的千篇一律的好看。赖恩瞬间的心理暴露没有逃过弗兰妮的眼睛，她清楚这是一种什么样的沾沾自喜。但是出于某种古老而顽固的心理模式，弗兰妮选择为自己的这种洞察力感到内疚，作为惩罚，她强迫自己格外投入地倾听赖恩接下来的长篇大论。

如果一个人独霸话语权超过一刻钟,并且相信自己已经进入一个只要开口就不会出错的状态,那么他说话的样子就会和现在的赖恩一模一样。"我的意思是,说白了,"他说,"他唯一缺少的东西其实就是睾丸气。你明白吗?"赖恩向他的倾听者弗兰妮靠过去,极其夸张地耷拉着肩膀,两个前臂分别放在他的马提尼酒杯的两侧。

"缺少什么?"弗兰妮说。她说话前不由自主地清了清嗓子,因为她有很长一段时间没说话了。

赖恩犹豫了一下。"阳刚之气。"他说。

"你刚才说的我听到了。"

"不管怎么样吧,可以说,这就是这篇文章的母题——我本想尽力委婉地说明的,"赖恩说,紧抓自己刚才的话题不放,"我是说,**上帝啊**。我是真的以为这篇文章会像他妈的扔出去的铅球一样,可是文章拿到手,我一看,一个他妈的斗大的'A',我发誓我差点晕过去。"

弗兰妮又清了清喉咙。显然她判自己做一个纯粹听众的徒刑已经服满了。"为什么?"她问道。

赖恩看上去似乎略微有点儿被打断的意思。"什么为什么?"

"为什么你觉得这篇文章的下场会像一只铅球?"

"我刚跟你说了。我刚刚说完。这个布鲁曼是个大大的福楼拜迷。至少我这么觉得。"

"哦。"弗兰妮答道。她微笑了一下,啜了一口她的马提尼。"这酒真棒,"她说,眼睛看着玻璃杯,"它不是二十比一的浓度,太好了。我不喜欢一杯都是杜松子酒。"

赖恩点点头。"反正我想那篇鬼文章就在我房间里。如果我们这个周末有机会,我就读给你听一下。"

"棒极了。我很想听。"

赖恩又点了点头。"我是说我也没说什么惊世骇俗之类的东西。"他换了个坐姿,"但是——我不知道——我想我对于作者**为什么**近乎神经质地执着于字眼推敲的强调还是有点道理的。我是说从我们今天所知的一切角度来看。不光是精神分析那一套废话,但是当然也有一定联系。你知道我的意思。我可不是弗洛伊德的门徒,但是有些东西你不能光给它们贴个弗洛伊德的标签就算完了。我是说在一定程度上我觉得我完全是正确的,我指出所有那些真正厉害的家伙——托尔斯泰、陀思妥耶夫斯基、**莎士比亚**,看在上帝的分上——他们没一个是咬文嚼字的。他们就是在**写**。知道我的意思吗?"赖恩多少带些期待地看着弗兰妮。他觉得弗兰妮一直都是格外认真地在听他说话。

"你的橄榄,你还吃不吃了?"

赖恩很快地扫了一眼自己的马提尼酒杯,然后又看看弗兰妮。"不吃了,"他冷冷地说,"你要吃吗?"

"如果你不吃的话——"弗兰妮说道。她从赖恩的表情知道自己问了不该问的问题。更糟糕的是,她突然不想吃橄榄了,而且奇怪自己干吗会提出**要**这颗橄榄。然而赖恩把他的马提尼递过来的时候,她只能接受橄榄,然后假装津津有味地吃下去。桌上放着赖恩的一包烟,弗兰妮抽出一支来,赖恩帮她点上,自己也点了一支。

谈话被橄榄打断之后,有一段短暂的沉默。赖恩再次开口了,但只是因为他不是那种能憋住一句俏皮话的人。"这个布鲁曼觉得我应该找个地方发表这篇文章,"他突然说,"可是,我也不知道。"然后他好像突然累坏了一样——或者说像是被榨干了一样,既然整个世界都在贪婪地攫取他的智慧果实——他开始用手掌心揉自己一边的脸颊，下意识地不太文雅地从一只眼睛里抹去一粒眼屎。"我是说，关于福楼拜这些家伙的评论文章，实在太他妈多了。"他若有所思地停下来，看起来有一丝忧郁。"事实上，我觉得并没有什么真正有见地的——"

"你说话的样子就像一个代课的。是真的。"

"你说什么？"赖恩故作镇静地问。

"你说话完全就像一个代课的。我很抱歉，但这是事实。你真是这样的。"

"是吗？那么请问一个代课的是怎么说话的？"

弗兰妮意识到赖恩火了，而且也知道他火到了什么程度，但此时她的心里，自责和恶毒的成分各占一半，她感到自己想说实话。"我不知道你们这边代课的是怎么说话的，但在我们那地方，教授不在的时候，或者精神出问题或者去看牙医的时候，就会有一个代课的过来。通常是个研究生之类的。总之，如果是堂——比方说，俄罗斯文学课吧，他就会走进来，衬衣纽扣个个扣紧，还打条领带，然后就会把屠格涅夫骂上半个小时。接着，等到他说完了，也就是等他把屠格涅夫**糟蹋**尽了，他就开始讲司汤达或者他在硕士论文里写的其他什么作家。我上的那个大学的英文系大约有十个这样的代课的,他们跑来跑去,净糟蹋东西。他们聪明到什么程度,他们几乎不开口——请原谅我的自相矛盾。我是说你要是跟他们起了什么争执,他们唯一做的就是露出那副**笑眯眯的表情**——"

"你今天吃错药了吧——你知道吗?你他妈到底怎么了?"

弗兰妮飞快地弹了弹烟灰,然后把桌上的烟灰缸朝自己这边挪了一寸。"对不起。我糟透了,"她说道,"一个礼拜以来我都感觉充满了**破坏力**。太糟糕了。我真可怕。"

"你那封信可他妈没这么有破坏力。"

弗兰妮郑重地点点头。她的眼睛看着落在桌布上的一小方温暖的阳光,有一张扑克牌的大小。"我写的时候不得不强迫自己。"她说。

赖恩正想开口接话,一个收拾空酒杯的侍应生突然出现在桌旁。"再来一杯吗?"赖恩问弗兰妮。

没有回答。弗兰妮正聚精会神地盯着那一小方太阳光,仿佛她正考虑着要不要躺进去。

"弗兰妮,"赖恩耐心地叫了一声,是叫给侍应生听的,"再来一杯马提尼,要不要?"

弗兰妮抬起头来。"对不起。"她看着侍应生手中的空酒杯,"不要。要。我不知道。"

赖恩干笑了一声,眼睛看着侍应生。"要还是不要?"他问。

"要,劳驾了。"弗兰妮似乎警觉到了什么。

侍应生这才离开。赖恩目送他出去后回头看着弗兰妮。她正在侍应生新换的烟灰缸里弹烟灰,嘴巴没有完全合上。赖恩看了她一会儿,心里越来越烦躁。很有可能他是讨厌而且害怕在自己认真交往的女朋友身上看到任何疏远的痕迹。不管怎样,他肯定担心这个吃错药的弗兰妮也许整个周末都会这样闹别扭。他突然向前靠过去,把手臂放在桌上,一副要把这件事摆平的样子,上帝可以做证。但是弗兰妮比他先开口。"我今天不行,"她说,"我今天真是没救了。"她发现自己看着赖恩,好像他是个陌生人,或者是地铁车厢里一幅宣传某油毡牌子的张贴广告。她再次隐隐地感到不忠和内疚,这一整天似乎注定要这样了,她条件反射地伸手握住赖恩的手。但她几乎即刻又抽回了手,从烟灰缸里捡起她的烟。"我马上就会好的,"她说,"我保证。"她对赖恩微微一笑——可以说是真诚地一笑——这一刻如果赖恩也能回报以一笑的话,接下来发生的事也许至少不会糟糕得那么彻底,但是赖恩正忙着摆出他的招牌式疏远姿态,他选择了保持严肃。弗兰妮吸了一口烟。"要不是现在说这个太迟了,"她说道,"要不是我傻瓜似的决定拿个**优秀学生奖**,我想我早就不读英语专业了。"她弹了弹烟灰。"我受够了这些老学究和自以为是的毁人精,我简直要喊救命。"她看着赖恩。"对不起。我不说了。我向你保证……我要是真有种,今年就根本不会去大学报到。我不知道。我是说这真是场最不可思议的闹剧。"

"妙,真是妙啊。"

弗兰妮觉得自己被赖恩讽刺也是活该。"对不起。"她说。

"别再说对不起了——行吗?我想你大概从没意识到你实在**太**以偏概全了。如果所有英文系的人都是这样的毁人精的话,那么整个就会完全不同——"

弗兰妮打断了他,但几乎听不见她说了什么。她的眼睛越过赖恩炭黑色的法兰绒大衣的肩头,望向饭店大厅的某处。

"怎么了?"赖恩问道。

"我是说我知道了。你是对的。我就是不对劲就是了。别管我。"

但是一旦赖恩跟谁起了争执就非得占上风,否则他是不会善罢甘休的。"我是说,妈的,"他说道,"生活中各行各业里都有没用的人。我是说这是基本道理。我们先别谈该死的代课的了。"他看着弗兰妮。"你在听我说话吗,还是又怎么了?"

"是的。"

"你们学校的英文系有两个全美国最棒的家伙。一个曼留斯。一个艾斯波斯特。天哪,我真希望这两人能在我们**这儿**。至少他们算是诗人,看在上帝的分上。"

"他们不是诗人,"弗兰妮说,"这是糟糕的部分原因。我是说他们不是**真正的**诗人。他们不过是写诗的人,然后可以到处发表出版诗集罢了,但他们不是**诗人**。"她停下来,意识到了什么,把烟灭了。她的脸色好像越来越差,有好几分钟了。突然,甚至她的口红都显得淡了几分,就像刚用餐巾纸抹了一下。"我们别说了。"她说,几乎有些坐立不安,她把烟头摁在烟灰缸里捻碎了。"我实在不行了。我会把整个周末毁了的。也许我凳子下面有个暗门,那我就可以消失了。"

侍应生动作很快地给他们每人又上了一杯马提尼。赖恩的手指搭在眼镜边上——他的手指细而长,总在人眼前晃动。"你没有**毁掉**任何东西,"他平静地说道,"我很想弄清楚到底是怎么回事。我是说一个人非得要么是个该死的波希米亚人,要么他妈是个**死人**,才成得了**真正的诗人**吗?你要什么——一个波浪头的混蛋吗?"

"不是。我们就不能别说了吗?求你了。我感觉糟糕透了,而且我现在——"

"我很乐意不谈这个了——我求之不得。但是你得告诉我一个**真正的诗人**到底是什么样的,如果你不介意的话。我会很感激。我是说真的。"

弗兰妮的额角隐隐闪着汗珠。也许只是因为房间太暖和,或者她的胃不舒服,或者马提尼的后劲太大;无论如何,赖恩好像没注意到弗兰妮在出汗。

"我不**知道**一个真正的诗人是什么样的。我希望你**别再说**了,赖恩。我是认真的。我感觉很怪,很不正常,而且我不能——"

"好吧,好吧——没问题。放松,"赖恩说,"我只是想——"

"我知道的就这么多,"弗兰妮说,"如果你是个诗人,你会创作出美的东西。我是说你写完之后人们期待你能**留下**一点美的东西。你提到的那些人连一丁点美的东西都没有留下。也许这些稍微强点的人所做的不过就是走进你脑袋里,然后在那里留下一点**什么**,但是不能仅仅因为他们这么做了,仅仅因为他们知道怎么留下一点东西,就说他们留下的一定是**诗**,看在老天的分上。也许不过就是一些五光十色的**句粪**——请原谅我的表达方式。比如曼留斯和艾斯波斯特那些可怜虫。"

赖恩点了一支烟,半晌,他开口道:"我以为你喜欢曼留斯。事实上,大约一个月前,如果我没记错的话,你说他很**可爱**,而且你——"

"我是喜欢他。我烦透了光是喜欢人。我向上帝祈祷但愿我能遇上一个让我尊敬的人……不好意思我离开一会儿。"弗兰妮突然站了起来,手里握着她的提包,脸色苍白。

赖恩也欠身起来,把椅子往后推了一点,他的嘴巴微张着。"怎么了?"他问道,"你没事吧?出什么事了?怎么了?"

"我马上就回来。"

弗兰妮没问方向就出去了,就像她以前来过"稀客来",所以知道该怎么走似的。

赖恩一个人坐下来,他一面抽烟一面留意慢慢地喝他的马提尼,他不想在弗兰妮回来前把酒都喝光。半小时前他还因为身得其所,因为身边的女孩是他想要的,或者说有他想要的长相而沾沾自喜,但是现在这种良好感觉显然已经彻底消失了。弗兰妮那件短毛浣熊皮大衣斜搭在她的空椅子上——在车站时这件大衣在他心里激起了独特的亲昵感,让他激动不已——现在他看着同一件衣服,心里别扭到了极点。丝绸衬里上的褶皱不知怎么搞的也让他很不舒服。他不再看大衣了,开始盯着面前马提尼酒杯的柄脚。他看上去很不安,仿佛有人在密谋对他不利的事。有一点是肯定的:这个周末绝对是他妈的开始得够特别的。这时他一抬头,刚巧看到大厅的另一端有一个他认识的人——一个同班同学,跟他的女朋友在一起。赖恩略微坐直了身了,稍作调整之后,他脸上原本耿耿于怀的表情不见了,取而代之的是一个女友去了厕所的男人的正常表情,也就是暂时无所事事,只能抽抽烟,做出一副无聊的表情——最好还是那种很帅的无聊表情。

"稀客来"的女盥洗室几乎跟饭店大厅一样大,从某种特殊意义上来说,盥洗室感觉比大厅更宽敞些。弗兰妮进去的时候,里面没有保洁人员,也没有别的客人。她站了一会儿——仿佛那是一个幽会的时刻——就在瓷砖地面的正中间。她的脑门上有豆大的汗珠,嘴巴无力地张着,脸色比在大厅时更苍白了。

突然,她快步走进了最远、最不起眼的一个小间,一共有七八个这样的小间——还算走运的是,这个小间不需要投币就能使用——她关上门,费了一番劲才把门销插上。也不管自己是在什么样的环境里,她就一屁股坐在了地上。她把两个膝盖紧紧地并在一起,仿佛想让自己整个地缩拢、变小。然后她两只手垂直地放在眼睛上，用手掌根部重重地按下去，好像要让视觉神经瘫痪，以便把所有的影像都淹没在一片空洞般的黑色中。她伸长的手指尽管颤抖着，或者说恰恰因为颤抖着，有种奇怪的优雅和美。她保持这种紧张的几乎是胎儿的姿势过了不知多久——然后终于崩溃了。她哭了整整五分钟。她毫无顾忌地放声痛哭，任悲伤和困惑尽情地流淌。她的嗓子因抽搐而发出异声，就像小孩子歇斯底里大发作时一口气卡在半闭的会厌里上不来的那种声音。然而当她最终要停下来的时候，她却说停就停了，根本听不到那种通常伴随号啕之后的痛苦的、刀割似的呼吸声。

她的脸上泪痕斑驳，却毫无表情，几乎是空白的；她从地上拾起手提包，打开，取出那本豆绿色的布面小书。她把书放在大腿上——应该是膝盖上——低头看着它，凝视着它，仿佛她的膝盖是一本豆绿色布面小书可以待的最好的地方。片刻之后，她拿起书，捧到胸前，压在胸口——紧紧地，但没有压太久。然后她把书放回手提包，站了起来，走出了厕所间。她用冷水洗了把脸，从上边的架子上取了条毛巾，擦干脸，涂上口红，梳理好头发，然后离开了盥洗室。

弗兰妮穿过大厅走向桌子的时候竟然神采照人，完全是一个要过大学周末的女孩该有的样子。她微笑着轻快地走到自己的椅子边上，赖恩慢吞吞地站起来，左手拿着一张餐巾纸。

"天哪，真对不起。"弗兰妮说，"你以为我死了吧？"

"我没以为你**死了**。"赖恩道。他帮弗兰妮拉开椅子。"我不知道他妈的到底发生了什么事。"他走回自己的椅子。"真见鬼，我们时间本来就不多，该死的，你知道的。"他坐下来。"你还好吗？你的眼睛有一点充血。"他仔细地看了看她，"你没事吧，还是怎么说？"

弗兰妮点了一支烟。"我**这会儿**感觉好极了。我还从来没这么**头晕目眩**过。你点菜了吗？"

"我在等你，"赖恩说，仍然盯着她看，"到底是怎么回事？是你的胃吗？"

"不。可能吧。我也搞不清。"弗兰妮说。她低头看自己盘子里的菜单，翻了一下，没有拿起来。"我就要一个鸡肉三明治。或者再要一杯牛奶……你只管点你要吃的。我是说，点蜗牛和章鱼什么的。章鱼们。我真的一点都不饿。"

赖恩看着她,然后对着面前的盘子呼出一口烟,细细的,意味深长。"这个周末真是有的瞧了,"他说,"一个鸡肉三明治,看在上帝的分上。"

弗兰妮有些恼了。"我不饿,赖恩——我很**抱歉**。天哪。求你了。你点你要吃的,有什么不行的呢?你吃的时候我也会吃。可是,不是你想让我胃口好,我的胃口就能好起来的。"

"行,行,行。"赖恩伸长脖子招呼侍应生。一分钟后,他给弗兰妮点了鸡肉三明治和牛奶,自己点了蜗牛、青蛙腿和色拉。侍应生离开后他看了看自己的手表,说:"顺便说一句,我们一点一刻或一点半的样子要到坦布里奇,不能迟到。我跟威里说了我们会到他那里喝一杯,然后可能一起坐他的车去体育馆。你觉得行吗?你喜欢威里的。"

"我连威里是谁都不知道。"

"你见过他得有二十次了,看在上帝的分上。威里·坎普贝尔。天哪。如果你只见过他一次,可你见过他——"

"哦。我记起来了……听着,不要因为我不能马上记起某个人就**恨**我。尤其是如果这个人长得跟所有人都一个样,说话、穿衣服也都跟所有人一个样。"

弗兰妮突然打住了。她听到自己的声音吹毛求疵、惹人生厌,心里漫过一阵对自己的憎恶,这种憎恶竟然让她的额头又开始出汗了。但是她却听到自己的声音不由自主地又响了起来。"我不是说他有什么可怕的地方或者其他诸如此类的。只是整整四年了,不管我走到哪里总能遇到一堆威里·坎普贝尔。我知道他们什么时候会**献殷勤**;我知道他们什么时候会开始告诉你关于某个住在你寝室的女孩的八卦新闻;我知道他们什么时候会问我暑假干了什么;我知道他们什么时候会拉一把椅子,跨在上面,然后就开始胡吹海侃,声音平静得吓死人——或者就炫耀认识某某名人,用那种平静的、**随意**得吓死人的声音。有一种不成文的规矩,某些特定社会或经济背景的人可以想怎么炫耀自己认识的名人就怎么炫耀,只要一说到那人的名字就赶紧来一通诋毁——说这个家伙是个杂种,是个慕男狂,要么就是瘾君子,或者**其他**什么可怕的东西。"她又打住了。她安静了一会儿,用手指摆弄着烟灰缸,刻意不抬头,以免看见赖恩的表情。"对不起,"她说,"我不是针对威里·坎普贝尔。你提到了他,所以我就挑他的刺了。也因为他看起来像某个在意大利或者别的什么地方过暑假的人。"

"他去年暑假在法国,如果你想知道的话,"赖恩煞有介事地说,"我知道你的意思,"他很快补充了一句,"但是你他妈有点不——"

"好吧,"弗兰妮疲倦地说,"法国。"她又从桌上的烟盒里掏出一支烟。"不光是威里。也可以是个女孩,看在上帝的分上。我是说如果他是个女的——比如跟我同寝室的一个什么人——他就可能整个暑假都在某个证券公司里画风景画,或者骑车横穿威尔士。或者在纽约找个公寓为某家杂志社或者广告公司打工。**每个**人,我是说。每个人做的每件事都是这么——我不知道——不一定就有什么**错**的,也不一定就是不好的,或者愚蠢的。但就是这么微不足道,这么毫无意义,还有——叫人伤心。最糟糕的是,如果你走波希米亚风,或者做其他什么疯狂的事,你也还是跟所有人都一样,只是方式不同罢了。"她停住了。她很快地摇摇头,脸色惨白,迅速用手摸了摸额头——与其说她是想看自己有没有出汗，倒不如说她更像是学自己父母的样儿，看看自己有没有发烧。"我感觉太奇怪了，"她说，"我想我快疯了。也许我已经疯了。"

赖恩这会儿是真的很担心地看着她——担心多过好奇。"你脸白得不行了。你脸色真的差极了——你知道吗？"他问道。

弗兰妮摇摇头。"我很好。我马上就会好的。"她抬头望着正在上菜的侍应生。"哦，你的蜗牛看上去真不错。"烟刚送到嘴唇边上就灭了。"你那些火柴呢？"她问道。

侍应生离开后赖恩帮她点上烟。"你抽得太厉害了。"他说。他拿起放在盛蜗牛的盘子边上的小叉子，但是动手前他又看看弗兰妮。"我很担心你。我是认真的。过去几个礼拜发生什么事了吗？"

弗兰妮看着他，然后一耸肩，一面摇了摇头。"没有。什么都没发生，"她说，"吃吧。吃你的蜗牛吧。如果冷了就可难吃了。"

"你吃。"

弗兰妮点点头，低头看着她的鸡肉三明治。她隐约感到一阵恶心,立即抬头吸了一口烟。

"那个话剧怎么样?"赖恩问道,一面吃着他的蜗牛。

"我不知道。我没演。我退出了。"

"你退出了?"赖恩抬起头,"我以为你很喜欢那个角色呢。怎么回事?他们把这个角色给别人了吗?"

"没有。都是我的问题。一塌糊涂。哦,一塌糊涂。"

"是吗,怎么回事?你该没退系吧?"

弗兰妮点点头,喝了一口牛奶。

赖恩咀嚼吞咽一番之后说道:"为什么,看在上帝的分上?我以为你热爱戏剧。这是我唯一听你说过的——"

"我就是退出了,就这么简单,"弗兰妮说,"这戏开始让我感到尴尬了。我开始觉得自己像个可怕的小自恋狂。"她若有所思道,"我不知道。想演戏这事本身看起来就有点俗。我是说,都是那么**自我**的一件事。以前我演戏的时候,演出结束回到后台我就会恨我自己。所有这些自以为是的人跑来跑去**感觉良好**。亲这个吻那个,不卸妆就到处跑,然后朋友到后台来看他们就拼命做出自然友好的样子。我就是恨我自己……最糟糕的是我总是因为演了戏而感到羞愧。尤其是那些暑期里演的保留剧目。"她看着赖恩。"我的角色都不差,所以别那么看着我。不是你想的那样。只是如果任何我尊敬的人——比如我的哥哥们——来看戏然后听到我念某些我不得不说的**台词**,我就会感到羞愧。我过去常写信给一些人,叫他们别来看我演戏。"她又陷入沉思。"除了去年夏天《花花公子》²里佩吉那个角色。我是说本来可以真的很好的,只是那个演花花公子的傻瓜把一切都搞砸了。他可真是声情并茂——真他妈是声情并茂啊!"

赖恩已经吃完了他的蜗牛,刻意不动声色地坐着。"对他表演的评论反响很不错,"他说,"是你把评论文章寄给我的,记得吧。"

弗兰妮叹了口气。"好的。是的,赖恩。"

"我是说你已经说了半个小时了,就好像你他妈是这世界上唯一一个有理智有批评能力的人。我是说如果一些最优秀的评论家认为这个家伙演得好,也许他的确是演得好,也许是你错了。你这样想过吗?要知道,你还没有达到真正成熟、老练——"

"对于一个还算有点天分的人来说,他演得不错了。如果你想把《花花公子》演好,你得是个天才。**必须**是天才,就这么简单——我无能为力。"弗兰妮说。她略微弯了弯腰,嘴巴略微张着,把手放到了头顶上。"我头晕极了,感觉很奇怪。我不知道自己是怎么了。"

"你觉得**你**是个天才?"

弗兰妮把手从头上拿了下来。"噢,赖恩。求你了。别这样对我。"

"我什么也没做——"

"我只知道我快疯了,"弗兰妮说,"我受够了自我,自我,自我。我的自我和所有人的自我。我受够了所有想**去**某个地方的人,想做出点成就的人,想讨人喜欢的人。真恶心——就是恶心,**就是**。我不管别人说什么。"

听到这里赖恩的眉毛扬了扬,他往后一靠,以便更好地表达自己的观点。"你肯定你不是害怕竞争吗?"他带着审慎的冷静问道,"我知道的不多,但是我打赌,一个好的心理医生——我是说一个真的有本事的心理医生——可能会认为这句话——"

"我不怕竞争。恰恰相反。难道你还不明白吗?我是怕我**会**去竞争——这是让我害怕的东西。这是我放弃戏剧专业的原因。我习惯于接受别人的价值观,我喜欢

031

掌声,喜欢看到别人为我疯狂,但这不说明演戏就是正确的选择。我感到羞耻。我厌倦了。我厌倦于自己没有勇气做一个什么都不是的人。我厌倦了自己和所有想惊天动地一番的人。"她顿住了,然后突然拿起牛奶放到唇边。"我知道的,"她说,把杯子放下来,"我从没有过这种感觉。我的牙齿好奇怪。它们在聊天。前天我差点咬了一个玻璃杯。也许我正一丝不挂,两眼发直,可我自己却不知道。"侍应生过来上赖恩的蛙腿肉和色拉。弗兰妮抬头看他。侍应生也低头看弗兰妮没动过的鸡肉三明治。他问这位年轻的女士是否想换个别的东西。弗兰妮说不用,谢谢他。"我就是吃得慢。"她道。侍应生年纪已经不轻了,他似乎盯着弗兰妮青灰色的、湿漉漉的脑门看了一眼,然后鞠躬离开了。

"你还用这个吗?"赖恩突然问,手里拿着一块折好的白色手帕。他的声音听起来充满了关切,很温柔,尽管有点怪,因为他努力想说得一本正经。

"为什么?我需要手帕吗?"

"你在流汗。不是流汗,我是说你的额头有点出汗。"

"**是吗**?太可怕了!对不起……"弗兰妮把包拿起

来,打开,开始在里面找东西。"我好像有纸巾的。"

"用我的手帕吧,老天啊。有什么关系呢?"

"**不是的**——我喜欢那块手帕,不想把它弄得都是汗。"弗兰妮说。她的手提包里东西很多。为了看得清楚些,她开始把一些东西拿出来放在桌布上,在她那个没动过的鸡肉三明治的左边。"找到了。"她道。她用一张纸巾对着一面小镜子飞快而轻轻地擦了擦脑门。"天哪。我看上去像个鬼。你怎么能忍受我呢?"

"那是本什么书?"赖恩问道。

弗兰妮整个人几乎跳了起来。她低头看着桌上手提包里的一堆乱七八糟的东西。"什么书?"她说,"你是说这个?"她拣起那本布面的小书,把它放回包里。"我带了火车上随便看看的。"

"给我看一眼吧。什么书?"

弗兰妮好像没听到他说的话。她又打开化妆盒很快地看了镜子一眼。"上帝啊。"她说。然后她把所有东西都收进了手提包——化妆盒、票夹、干洗票据、牙刷、一瓶阿司匹林,以及一根镀金的搅酒棒。"我不知道我干吗带着这根要命的搅酒金棒,"她说道,"我大二时一个很土的男孩给我的,生日礼物。他觉得这是个无与伦比的有创意的礼物,我打开包装的时候他始终盯着我的脸。我一直想把它扔掉,但就是做不到。我可能会带着它进坟墓的。"她若有所思地说,"他不停地对我傻笑,还告诉我如果我一直带着这根搅酒棒就会有好运。"

赖恩开始吃他的蛙腿肉了。"那到底是本什么书?还他妈的是个什么秘密不成?"

"我包里的这本小书吗?"弗兰妮说。她看着赖恩肢解一对青蛙的大腿,然后从桌上的烟盒里拿出一支烟,自己点上。"哦,我不知道。"她说,"书名是《朝圣者之路》。"她看着赖恩吃了一会儿。"我从图书馆借的。这学期教宗教研究还是什么的那个男的提到了这本书。"她吸了口烟,"我已经借了好几个礼拜了。我一直忘了还。"

"谁写的?"

"我不知道,"弗兰妮不经意地回答,"一个俄国农民吧。"她继续看赖恩吃他的青蛙腿。"他没有署名。整个故事说下来都没提到名字。他就告诉你他是个农民,三十三岁,有一只手臂萎缩了。还有他的妻子已经死了。

都是十八世纪的事。"

赖恩把注意力从青蛙腿转移到了色拉上。"这本书好吗?"他问,"讲什么的?"

"我不知道。很特别的一本书。我是说它主要是本宗教书。我想某种意义上可以说这书非常宗教狂,但是从另一层面上看它又不是。我是说书的开头,这个农民——这个朝圣者——想弄明白《圣经》里说你应该不住地祷告到底是什么意思。你知道,就是永远不停下来。在《帖撒罗尼迦书》还是哪里有这句话。所以他就开始周游俄罗斯,寻找一个人可以告诉他**怎样**不住地祷告。如果这样祷告的话又该说些什么。"弗兰妮看上去好像对赖恩如何肢解他的青蛙腿特别感兴趣。她说话的时候两只眼睛一直盯着他的盘子。"他带的全部东西就是一个背包,里面装满了面包和盐。然后他遇到了一个人,一位长老——造诣超高的宗教人士——这个长老跟他说了一本叫作《慕善集》的书。这书是一群道行特别高的僧侣写的,他们算是这种祷告方式的倡导者。"

"老实点,别动。"赖恩对着一对青蛙腿说。

"不管怎么样吧,这个朝圣者就开始按照这些僧侣指导的非常神秘的方式祷告——我是说他就一直坚持直到他最终完善了这种方式。然后他继续周游俄罗斯,遇到各式各样极好玩的人物,然后告诉他们如何以这种不可思议的方式进行祷告。我是说这本书就讲了这些。"

"我不得不说一句,我会有大蒜味。"赖恩道。

"在某次旅途中,他遇到一对夫妇,在我这辈子读到过的人物中我最喜欢的就是这对夫妇,"弗兰妮说,"他正走在乡间的一条马路上,背上背着他的包,两个小孩跟在他后头一面跑,一面喊:'亲爱的小乞丐!亲爱的小乞丐!你得去我家看看我妈妈。她喜欢乞丐。'就这样他跟着孩子们回了家。孩子们的母亲,一个**非常**可爱的女人,从房子里急急忙忙地走出来,坚持帮他脱掉他的脏靴子,又给他沏了一杯茶。然后孩子们的父亲回来了,显然他也喜欢乞丐和朝圣者,然后他们就一起坐下来吃晚饭。吃饭的时候朝圣者问他们那些围着桌子坐下的女士是谁。丈夫就告诉他那些都是仆人,但是一直跟他和他的妻子一起吃饭,因为她们都是基督里的姐妹。"弗兰妮突然下意识地稍稍坐直了身子。"我是说我喜欢这个部分,朝圣者想知道这些女士都是谁的部分。"她看着赖恩往一片面包上涂黄油。"不管怎么样,朝圣者留下来过夜,他和这家的丈夫坐到很晚,一直在讨论不间断的祷告的方式。朝圣者告诉男子该怎么祷告。早晨他起身告别,再次踏上征程。他碰到各种各样的人——我是说这就是整本书的内容,真的——他告诉所有人该如何以这种特殊的方式祷告。"

赖恩点点头。他用叉子去叉色拉。"上帝保佑这个周末能有时间,好让你看一眼我跟你讲的那篇该死的文章,"他说道,"我不知道。也许我也不会拿这文章怎么样——我是说拿去发表什么的——但是我就是希望你在这里的时候能够看一眼。"

"我很想看。"弗兰妮说。她看着赖恩又往一片面包上涂黄油。"你也许会喜欢这本书,"她突然说,"非常简单的书,我是说。"

"听起来很有趣。你的黄油不要了吧?"

"不要了,你拿去吧。我不能借给你,因为已经过期了,不过,也许你可以在这里的图书馆借到。我想你能借到的。"

"你根本没动你那该死的三明治,"赖恩突然说,"你知道吗?"

弗兰妮低头看她的盘子,就好像是刚放到她面前的一样。"一会儿就吃。"她说。她静静地坐了一会儿,左手拿着烟,但是没有抽,右手紧紧地握着牛奶杯的底部。"你想知道那个长老告诉他的特殊的祈祷方式吗?"她问道,"真的蛮有趣的,多多少少吧。"

赖恩切开他的最后一对青蛙腿。他点点头。"当然,"他说,"当然。"

"嗯,就像我说的,这个朝圣者——这个纯朴的农民——他踏上朝圣的路,就是为了弄明白《圣经》里说你应当不住地祷告到底是什么意思。然后他就遇到了那个长老——我前面提到的那个宗教造诣很高的人,他研究那本《慕善集》已经有很多很多很多年了。"弗兰妮突然停下来,想了一会儿,整理了一下思路。"嗯,这个长老首先告诉他什么是'耶稣的祷告词'。'我主耶稣基督,请怜悯我。'我是说这就是祷告的内容。然后长老就跟朝圣者解释这些字放在一起就是最好的祷告词。尤其是'怜悯'这个词,因为它的意义太广泛了,可以指很多东西。我是说它不一定就只是**怜悯**的意思。"弗兰妮再次停下来想了想。她不再看赖恩的盘子,眼光落在他身后的某处。"无论如何,"她继续说,"长老告诉这个朝圣者如果你不停地念这句祷告词——一开始只要**用嘴念**就行了——然后这个祷告就会自动地进行下去。一段时间之后就有事情**发生**了。我不知道到底是什么,但是会有事情发生,这些祷告词会跟你心跳的节奏合上拍,这样你就是真的在不住地祷告了。这对你的世界观会产生一种巨大的神秘主义的影响。我是说这或多或少就是这个祷告的全部**意义**所在。我是说这样祷告是为了净化自己的世界观,然后对一切事物都形成一种崭新的概念。"

赖恩已经吃完了。等弗兰妮再次停下来之后,赖恩坐直身子点了一支烟,看着她的脸。她仍然神情恍惚地看着前方,看着赖恩的身后,几乎没有感觉到赖恩的存在。

"但是关键是,最有意思的是,当你开始这样祷告的时候,你甚至都不必对此怀抱**信仰**。我是说即便你感到这样做很不好意思,也完全没问题。我是说你这样做的时候又没有**侮辱**任何人或任何东西。换句话说,当你开始这样祷告的时候,并没有人要你相信任何东西。你甚至都不用去思考你在说些什么,那个长老是这么说的。一开始你需要的就是量的积累。然后,慢慢地,量变就会自然而然地达到质变。通过祷告内部的力量。他说不管上帝被叫成什么——叫什么都行——他都拥有这种特别的、自发的力量。一旦你把这种力量启动,它就会开始产生作用。"

赖恩有些无精打采地坐在椅子里,抽着烟,眯起眼睛,用心地看着弗兰妮的脸。她的脸仍然很苍白,但是他俩到"稀客来"之后的这段时间里,她的脸色有过更苍白的时候。

"事实上,这是完全有道理的,"弗兰妮道,"因为佛教中有一支念佛宗,人们会一直不停地说'南无阿弥陀佛'——意思是'歌颂佛祖'之类的吧——**同样的**事情也会发生。完全同样的——"

"别急。先别急。"赖恩打断了她,"首先,你的手指马上就要被烧到了。"

弗兰妮漫不经心地低头看了一眼自己的左手,把还燃着的烟头扔进了烟灰缸。"《不知之云》也说到了这个。就是'上帝'这个词。我是说,只要不停地说'上帝'这个词。"几分钟以来弗兰妮第一次直视着赖恩。"我是说关键是你**这辈子**还听过比这更神奇的事情吗,从某种意义上来说?我是说硬要把一切说成是巧合,然后就丢开不管真是太难了——对我而言就神奇在这里。至少就是如此——"她停了下来。赖恩在椅子里不耐烦地动来动去,而且他脸上的表情——主要是扬起的眉毛——是弗兰妮非常熟悉的。"怎么了?"她问道。

"你是真的相信这些玩意儿,还是怎么着?"

弗兰妮伸手拿起烟盒,抽出一支烟。"我没说我相信还是不相信,"她说,眼睛在桌上寻找火柴盒,"我是说这很神奇。"她从赖恩那里接过火。"我就是觉得这种巧合非常特别,"她说,吐出一口烟,"就是你一再遇到这样的忠告——我是说所有这些真正有修为的绝对不作假的宗教人士总是告诉你,如果你不住地重复上帝的名字,就会有一些事情**发生**。甚至在印度。在印度他们让你对奥姆神做冥想,其实是一回事,结果也是完全一样的。所以我是说你不能光从理性的角度把它完全否定,至少应该先——"

"到底**是什么**结果?"赖恩不耐烦地问道。

"什么?"

"我是说人们期待会有**什么样**的结果?什么跟心脏同步,还有咒语之类的神神道道的东西。难道会得心脏病?我不知道你知不知道,但是你可以对自己,有些人可以对自己有很大的——"

"你可以见到上帝。在心脏的完全非物质的某个部分会发生一些事情——印度人说的灵魂所在的地方,如果你上过任何宗教课的话——然后你会见到上帝,就这些。"她不自然地弹了弹烟灰,刚好落在了烟灰缸外面。她用手指捻起烟灰,然后放进烟灰缸。"别问我上帝是谁或者是什么。我是说我甚至不知道他是否存在。小时候我常常想——"她停住了。侍应生过来收拾盘子,又递上菜单。

"你要甜点,还是咖啡?"赖恩问道。

"我想我就喝了这杯牛奶吧。不过你点吧。"弗兰妮道。侍应生刚把她没动过的鸡肉三明治拿走了。弗兰妮都不敢抬头看他。

赖恩看了看表。"上帝。我们没时间了。如果我们能准时到达**比赛现场**就是运气了。"他抬头看侍应生,

"请给我一杯咖啡。"他目送侍应生离开,然后身子靠向前,手臂搭在桌子上,完全放松的样子,肚子鼓鼓的,咖啡马上就要送来,他说:"嗯,多少是挺有趣的。所有这些玩意儿……我觉得你没有给最基本的**心理学**留下一点思考的余地。我是说,我觉得所有这些宗教体验很明显都有一个心理学的背景——你知道我的意思是……不过还是很有趣的。我是说你无法否认这一点。"他看着弗兰妮微笑了一下,"无论如何。我爱你,我是怕万一忘了说。今天我还没说过吧?"

"赖恩,抱歉,我离开一会儿好吗?"弗兰妮说。她话没说完就已经站起来了。

赖恩也站了起来,慢吞吞地,眼睛看着她。"你没事吧?"他问道,"你又不舒服了,还是怎么了?"

"就是感觉怪怪的。我很快回来。"

她轻快地穿过大厅,跟上次一样的路线。但是走到大厅末端的小吧台那里,她突然停了下来。一个吧台侍应生正擦着一只雪利酒杯,眼睛看着弗兰妮。弗兰妮右手放到吧台上,然后低下头——是垂下头——然后左手伸向额头,只是用指尖碰碰它。她轻轻摇晃了一下,整个人晕了过去,倒在地板上。

大约五分钟后弗兰妮才完全醒过来。她躺在饭店经理办公室的沙发上,赖恩坐在她身边。他的脸俯在弗兰妮的脸上方,这会儿也是煞白的脸色。

"你还好吧?"他问,是一种病房里的声音,"你感觉好点没有?"

弗兰妮点点头。她的眼睛因为天花板上的灯照着而略微闭了闭,然后又睁开了。"我是不是该说'我在哪儿'?"她说,"我在哪儿?"

赖恩笑了。"你在经理的办公室里。他们都在到处找阿摩尼亚药水和医生呢,想把你弄醒。他们的阿摩尼亚刚用完。你感觉怎么样?我没开玩笑。"

"很好。**很蠢**,但是很好。我真的**晕**了吗?"

"你是怎么晕的。你真的就昏过去了。"赖恩道,他抓住弗兰妮的手。"你觉得你到底是怎么回事呢?我是说你听起来——你知道——上个礼拜我打电话给你的时候好像完全没问题。你是没吃早饭还是怎么?"

弗兰妮耸耸肩。她的眼睛环视了一下房间。"真丢人,"她道,"是不是有人**抬**我进来的?"

"吧台生和我抬的。我们把你扛进来的。你真的把我吓坏了。我没开玩笑。"

弗兰妮眼睛一眨不眨地看着天花板,思考着什么,一只手被赖恩握着。然后她侧过身用另一只手做了个手势,好像是要把赖恩的袖口捋上去。"几点了?"她问道。

"别管几点了,"赖恩道,"我们不着急。"

"你想去那个鸡尾酒会。"

"都别管了。"

"看比赛也太迟了吗?"弗兰妮问道。

"听着,我说了都别管了。你得回你的房间,叫什么来着——'蓝百叶窗'——休息一会儿,这是最重要的。"赖恩说。他坐得离她更近些,朝房门看了看,然后又回头看弗兰妮。"今天下午你就**好好休息**,别的什么都别干了。"他抚摩了一会儿她的手臂,"然后过一会儿,如果你休息得好,我可以想办法到你楼上去。我想后面应该有个该死的楼梯间。我能找到。"

弗兰妮什么也没说。她看着天花板。

"你知道隔了多久了吗?"赖恩问道,"那个星期五晚上都多久以前了?是上个月头的事了,对吧?"他摇摇头。"真不爽。说得难听点,喝这两口酒也隔得太他妈久了。"他低头更近地看着弗兰妮,"你真的感觉好点了吗?"

她点点头。她把头转向他。"我就是非常渴。你觉得我能喝点水吗?会不会太麻烦?"

"怎么会呢!我走开一会儿你不会有问题吧?你知道我接下来想怎么样吗?"

弗兰妮对他的第二个问题摇了摇头。

"我会找人给你弄点水。然后我去告诉领班让他别找阿摩尼亚了——还有,顺便把账给结了。然后我去叫好出租车,这样我们就不用满大街找车了。也许会要几分钟,因为大多数出租车都在兜揽要去看比赛的人。"他放下弗兰妮的手,站了起来。"这样行吗?"他问。

"好的。"

"好吧。我很快回来。待着别动。"他离开了房间。

弗兰妮一个人静静地躺着,看着天花板。她的嘴唇开始嚅动,无声地念着什么,她的嘴唇就这样嚅动着。

祖伊

我手头的事实也许本身足以说明问题，虽说在我看来，兴许比寻常的事实稍微粗俗一些。于是，作为弥补，我们还是从屡试屡新且激动人心的老一套入手：作者的正式介绍。我正酝酿着的这篇人物介绍既啰唆又恳切，即便是我最离奇的梦境也不过如此，而且绝对属于一级隐私。如果运气刚刚好，写了出来，则堪比一次轮机舱的强制陪同参观，我便是导游，穿着一件连体式的贾森牌泳衣走在前面带路。

丑话说前头，我即将献给各位的根本不是什么短篇小说，而是有点像家庭录像带一样的东西，几个看过录像片段的人，一致强烈建议我千万不要制订什么具体的影片发行计划。这几个反对的人恰恰就是该片的三位主演,两女一男,泄此机密是我的特权,也让我头痛。我们先来看看第一女主角,我相信她会乐意接受如下的简约描述:一位慵懒而成熟的女子。她觉得如果我能把其中一个十五分钟到二十分钟长的片段处理一下,她在其中擤了几次鼻涕,应该就没什么问题了——也就是把这段给咔嚓掉,我想她大概就是这个意思。她说看人连续擤鼻涕是很恶心的事。剧组的另一位成员,一位上了年纪但风韵犹存的女配角,她提出抗议,说我不该让她在镜头前穿那件旧家居外套。至于我拍这个片子,背后有怎样自私的用心,这两位小可爱(她们俩曾暗示喜欢这个称谓)倒没有做出任何激烈的反对。说真的,原因再简单不过了,尽管说起这个原因我多少有点脸红:她们俩凭以往的经验知道,我这人听不得一句重话,动不动就泪眼汪汪。不料男主角却发表了好一通雄辩的演说,义正词严地请我取消整个制作。他觉得故事情节围绕着神秘主义,或者说围绕晦涩的宗教题材——无论如何,他一字一顿地告诉我,我的事业正分分秒秒地走向毁灭,而如果某种姑且算作超验主义的元素在我的作品中显得太扎眼,他担心这会加速、推进我事业的毁灭。人们早就在对我摇头了,如果我再擅自在作品里使用"上帝"这个词,除非是用作人人熟悉、无伤大雅的美国式语气助词,不然就会被认为是——或者不如说被认定是——最拙劣的附会名人,我彻底完蛋也就指日可待了。任何一个心肠不够硬的人,尤其是耍笔杆子的人,碰到这样的质疑当然都会犹豫。的确如此。但只是犹豫而已。因为一个反对的观点,无论有多雄辩,只有本身立得住脚,才可能被接受。事实上,我从十五岁开始就不时地制作几部叙事型家庭影片。《了不起的盖茨比》里有这么一处(我十二岁时看的是《了不起的盖茨比》而不是《汤姆·索亚历险记》),年轻的叙述者指出,每个人都感觉自己至少拥有一项最基本的美德,他接着说,他觉得自己最基本的美德就是诚实,愿上帝保佑他的心灵。而**我的**最基本的美德,我觉得就是,我知道一个神秘主义的故事和一个爱的故事之间到底有什么区别。要我说,我手头的故事根本不是一个神秘主义的故事,也不是一个晦涩的宗教题材的故事。要**我**说,它是一个复合型的,抑或多面性的爱的故事,纯洁而复杂的爱的故事。

最后说一句,本书的情节线索本身大部分也是合谋而成，算不上光明正大。下文几乎所有的事实（即将缓缓地、**平静地**展开的事实）最早都是那三位演员自己提供给我的。他们恶意地分好几次叙述，而且都是以私下交谈的形式，多少有些折磨人。说到简化细节，或者浓缩事件的能力，反正我再多一句嘴也无妨，这方面三人中没有一个表现出丝毫可圈可点的天分。恐怕最终制成的版本也难免给人感觉拖沓了。很遗憾我无法为此缺点开脱，但我还是得坚持做一些解释。我们四个人是血亲，我们说的话只有家庭成员才听得懂，姑且称之为语义几何学吧，其中两点间最短的距离是一个傻乎乎的圆。

最后一句忠告：我们家姓格拉斯。一分钟后您将看到格拉斯家最小的男孩在读一封奇长无比的信（这信会**全文**附上，我向您保证），是他尚在人世的最年长的哥哥巴蒂·格拉斯寄给他的。有人告诉我说，这封信的风格跟本文叙述者的风格，或者说文笔，不是一般相似，而是极其相似。可想而知，普通读者会匆匆做出这样的结论，即信的作者跟我是同一个人。如此草率倒也无妨，而且恐怕也草率得有理。然而自始至终我们都会把这个巴蒂·格拉斯作为第三人称来处理。至少我没觉得有什么充分的理由让他走出第三人称。

一九五五年十一月的某个早晨,十点三十分,祖伊·格拉斯,一个二十五岁的年轻人坐在水满满的浴缸里,读着一封四年前的旧信。这封信看起来几乎没完没了,用打字机打的,打在几页没有抬头的泛黄的信笺上。祖伊两个尚未弄湿的膝盖正艰难地顶着信纸。一支看上去湿乎乎的香烟搁在他右面嵌壁式的搪瓷肥皂盒里,香烟显然是燃着的,因为他会不时捡起来吸上一两口,拿烟的时候几乎头也不抬。烟灰全都落在浴缸的水里,有些是直接落进去的,有些是沿着信纸滑下去的。看上去他似乎对这样的混乱状态一无所觉。不过水的热度正逐渐让他的身体有脱水的感觉,这个他倒像是意识到了,也许是刚刚意识到。坐着读信的时间越长——其实是反复重读——他用手背去擦额头和上嘴唇的次数就越多,擦得也越用力。

祖伊身上的一切都是复杂、重叠、分裂的,这早就无可置疑。这里至少应该插入两段类似个人档案的段落。首先,祖伊是个小个子的年轻人,体形非常之小。从背后看——尤其是露出脊梁骨的地方——他可以冒充城里的穷孩子,就是那些每年夏天被送进慈善夏令营的孩子,在那里改善伙食,晒晒太阳。近距离观察,无论是正面还是侧面,祖伊的脸都异常英俊,甚至可以说是奇迹般英俊。祖伊的大姐(她谦虚地表示希望在书里被称为某弗吉尼亚主妇)让我如是描述他的长相:就像"那个犹太爱尔兰血统的蓝眼睛的莫西干武士,在蒙特卡洛的赌桌边上,在你的怀里死去"。另一种更笼统、偏见肯定也更少的说法是,祖伊的脸简直就是极品,差一点就英俊过头了,所幸他的一只耳朵要比另一只更突出一些。我本人的观点和以上这些大相径庭。我承认祖伊的这张脸近乎美到极致。正因如此,他的脸和任何一件真正的艺术品一样,容易招致那一类油腔滑调、大言不惭,而且往往是华而不实的评论。我要再补充一句,在上百种最普通的日常威胁中,是否任何一种——一场车祸,脑袋着凉,早饭前的一个谎言——都有可能在一天或者一秒钟里扭曲他那丰润的容颜,或者使之变粗,变俗。但是在祖伊的整张脸上笼罩着一股真实的**生气**,这股生气是永远无法被削弱的,而且正如我早已明白暗示过的,这是一种永恒的欢快的气息——尤其是在他的眼睛里，这股子生气总像一张丑角的面具一样吸引人，有时候比面具更神秘莫测。

祖伊的职业是演员，多演主角，电视演员，干这一行已经有三年多了。事实上，作为一个年轻的电视演员，不是好莱坞或百老汇那些已经成名的演员，祖伊已经算非常"吃香"了（而且，据他家里人获得的来路不明的二手消息称，他的收入也算极高的）。两说中的任何一说，若不加解释，都有可能导致界限过分分明的猜想。事实是，祖伊七岁时第一次正式登台亮相。本来他家一共有七个兄弟姐妹*——他排行倒数第二，他们年龄间隔比较平均，童年时期都曾先后上过一个电台节目，一个名为《智

作者注* 页脚注是美学大忌，但在这里似乎十分必要。这七个孩子中只有最小的那两个会在下文直接登场。其余五个，他们的哥哥姐姐，将会以相当高的频率穿梭于情节之中，就如班柯的鬼魂一样。既然如此，读者诸君或许以下这些信息也会颇感兴趣：到一九五五年为止，格拉斯家这些小孩的大哥西摩死了已有七年。他在佛罗里达跟妻子一起度假时自杀了。如果活着的话，一九五五年他应该是三十八岁。二哥巴蒂的名字在一所纽约州北部女子大专的学校介绍册里被注明为"驻校作家"。他一个人生活，住在一所没有过冬设备，也没有通电的房子里，离一条人气颇旺的滑雪道大约一英里远。老三波波已婚，是三个孩子的母亲。一九五五年十一月她正同丈夫和三个孩子一起在欧洲旅行。按年龄来排，波波后面是一对双胞胎，沃特和维克。沃特死了刚好十年整。他随占领军驻扎在日本时死于一次诡异的爆炸。比他晚十二分钟出生的维克是个罗马天主教神甫，一九五五年十一月他正在厄瓜多尔参加某个耶稣会大会。

053

慧之童》的儿童智力节目。格拉斯家的长子西摩和最小的弗兰妮之间相差近十八岁,因而这家的孩子,在《智慧之童》节目的麦克风前面接二连三、前仆后继,坐了有十六年之久——从一九二七年到一九四三年,正是连接查尔斯顿舞时代和B-17轰炸机时代的十六年。(所有这些数据我想在某种程度上都是有必要交代的。)孩子们在节目中达到各自的高峰期时的年龄也各不相同,但是可以说,七个孩子全都在电波里回答了无数要么极端深奥,要么极端可爱的问题(除了极少数并不重要的例外情况)——这些问题由听众寄给电台——孩子们表现出的机智和沉着在商业电台节目中被认为是独一无二的。这些孩子在大众中引起的反响始终很热烈,从来没有降过温。一般来说,听众分成两大阵营,互相寸步不让:其中一派认为格拉斯家的孩子是一群叫人难以忍受的"自我感觉优越的"小杂种,应该在他们出生时就把他们淹死或者用毒气熏死;另一派则坚持认为他们是正宗的低龄智者及学者,即便不值得羡慕,也毕竟是与众不同的一群。在我写这篇东西的时候(一九五七年),仍然有一些当年的听众还记得这七个孩子很多各自不同的表现,而且他们的记忆确切得惊人。这些听众的数量在逐渐减少，但仍是一个奇怪的高度团结的小团体，他们有一个一致的看法，即二十年代和三十年代初做节目的老大西摩是七个格拉斯孩子中最"棒"、最让人"回味无穷"的一个。最小的男孩祖伊一般被列在排行榜的第二位，紧随西摩之后。既然我们在这里是对祖伊情有独钟，也许应该补充一点，作为《智慧之童》节目曾经的一员，同他的哥哥、姐妹们比起来，他有一段尤其不同寻常的经历。在他们的电波生涯期间，七个孩子都曾时不时地成为儿童心理学家或专业教育家之流的捕猎对象，这些家伙对于超早熟儿童有着特殊的兴趣。而在所有格拉斯家的孩子中，祖伊绝对是受到了最猛烈的检查、盘问和骚扰。据我所知，作为临床心理学、社会心理学以及新闻心理学等各个花样百出的心理学领域的研究对象，祖伊的经历无一例外地对他造成了很大的伤害，那些对他做检查的地方，简直都像是高度传染性心理疾病或者一般老式病菌的温床。比如一九四二年，祖伊接受波士顿一个研究小组的实验，分五次进行（尽管当时他的两个在军队服役的兄长始终都竭力反对）。这五次实验基本都是在祖伊十二岁时进行的,而且有可能他觉得坐火车——一共十次——对他是个诱惑,至少一开始是这样。我印象中这五次实验的主要目的是,如果可能的话,分析出祖伊智力和想象力如此早熟的原因并加以研究。第五次实验结束后,他们把实验对象送回纽约,给了他一个烫印的信封,里面装了三四片阿司匹林,因为祖伊一直在大喘气,后来转成了支气管肺炎。六个星期之后,半夜十一点半从波士顿打来一个长途电话,电话那头不时听到有人在往投币电话机里塞硬币,一个身份不明的声音——这人听起来是个一本正经的学者,说的内容却像开玩笑,但他应该不是故意的——通知格拉斯先生和夫人,他们十二岁的儿子祖伊,其词汇量同玛丽·贝克·艾娣[3]在一个水平线上,如果强迫他使用的话。

言归正传:一九五五年十一月,一个星期一的早晨,祖伊带着一封信进了浴缸。很显然,这封四年前收到的在打字机上完成的长信,在这四年里已经被无数次抽出信封,打开,然后又收起来,所以这信现在的样子整个让人**倒胃口**,而且好几处都破了,主要是折起来的地方。这信的作者,前面已经提到过,就是巴蒂,是祖伊尚在人世的最大的哥哥。这封信长得像没有结尾,且言过其实,说教,重复,自以为是,屈尊俯就,叫人尴尬——而且充满了,是充溢着,深情厚谊。一句话,这样的一封信,不管谁收到,也不管收到的人心里想不想,他都会放进自己的裤兜,揣上一段时间。这样的一封信也是某一类专业作家喜欢一字不漏地抄下来的:

一九五一年三月十八日

亲爱的祖伊:

今天早晨我刚啃完母亲的一封长信,说的都是你,还有艾森豪威尔将军的微笑,以及据《每日新闻》报道掉进电梯井的小男孩们,还有就是问我什么时候把我纽约的那部电话停掉,然后在这边乡下再装一部新的,说是在**乡下**我才真的**用得着**电话。她可的确是这个世界上唯一一个能用隐形斜体字写信的女人。这个亲爱的贝茜。我每三个月必定会收到她五百字的一封信,总是关于同一个主题:我那部可怜的私人电话,没有人用那部电话,却还要每个月付那么多钱,这有**多傻**。这真是弥天大谎。我去城里的时候，回回都要跟我的老朋友坐下来聊上几个小时，跟我的老朋友死亡之神阎魔聊天，没有一部私人电话怎么行。无论如何，请转告她，我还没有改变主意。我爱那部老电话，充满激情地爱着。它是西摩和我在贝茜的农庄中唯一拥有的一件真正的私人财产。而且，能每年都看见西摩的名字还被列在该死的电话簿上，对维持我内心的和谐至关重要。我喜欢充满信心地浏览G开头的名单。听话，帮我把这些话转告给贝茜。不是真的一字不差地传达，而是好好地转告。对贝茜好点，祖伊，在你可以对她好的时候对她好点。我的意思不是说因为她是我们的母亲所以要对她好，对她好一些是因为她很疲惫。等你过了三十岁你自然会对她好的，到那个年龄谁都会放慢些节奏（即便你也不例外，也许），但是现在你还得更努力才行。像一个跳阿帕希舞的男人对他的舞伴那样对待贝茜，态度粗野，充满溺爱，那是不够的——顺便说一句，你这样对她的话，她也是理解的，不管你是否同意。你忘了她是越煽情越来劲的吗？比莱斯好不到哪儿去。

撇开我的电话问题不谈,贝茜的这封信真正是写给祖伊的。她要我在信里跟你说你的人生道路还很漫长,如果你不先拿一个博士学位就冒冒失失地去当演员,那简直就是犯罪。她没说她希望你做什么博士,但是我猜应该是数学,不是希腊文,你这个脏兮兮的小书呆子。不管怎么说,我想她大概就是怕万一你的演艺事业不成功,那么你总还能有个退路。也许这个想法很有道理,可能也真是如此,但是我不想直截了当地就这么对你说。总有那么几天不管是看家里人,还是看我自己,我都像是拿反了望远镜在看一样,今天碰巧是这样的一天。事实上,今天早晨我站在邮箱边上,看到信封上贝茜的名字和地址,费了很大的劲我才想起她是谁。我倒是有个很好的借口,高级写作课24-A上收了三十八份短篇小说作业,我几乎是泪眼婆婆地把它们拖回家的,这个周末全要批改出来。其中三十七份肯定都是讲一个害羞的荷兰女同性恋独自隐居在宾夕法尼亚州,她想写作。整个故事由一个受雇的色情作家用第一人称来写。而且是用方言。

这些年来我从一所大学转到另一所大学,活脱脱一个文学娼妓,身后一间斗室,我以为这些你都知道。我仍然连一个本科文凭都没有。我想最初我不拿学位,主要有两个原因,虽然感觉都像是上个世纪的事了。(乖乖的,坐着别动。这可是我这几年里第一次给你写信。)其一,我在大学里是个彻底自命不凡的家伙,一个上过《智慧之童》节目,以后一辈子都要搞英语专业的家伙。如果所有那些我认识的没读过几本书的文化人、电台节目主持人以及白痴教育家全能混到学位,那么我实在什么学位都不想拿了。其二,西摩在大多数美国年轻人刚刚高中毕业时就已经拿了博士学位,既然我要想在这方面超过他已经来不及了,那么我干脆什么学位都不要了。当然,我在你这个年龄的时候,认定自己是绝不会出于任何原因去教书的,如果我的缪斯不再给我灵感,那么我宁愿找个地方去磨眼镜片,就像布克·华盛顿[4]那样。然而无论从哪方面来考虑,我都觉得放弃学术方向对我来说没有丝毫可遗憾的。在一些心情特别糟糕的日子里,我有时候会跟自己说,如果那时候我捞足了学位,那么也许现在就不用上"高级写作"这种无可救药的大学课程了。但这也许都是废话。所有的牌都被做了手脚,以审美为生计的人是没有胜算的(我想这安排倒也不无道理),毫无疑问我们或早或晚都会经历这样晦涩而冗长的学术死亡。

我真的觉得你的情况跟我的大不相同。无论如何,我觉得我不是完全站在贝茜一边。如果你想要的就是一份保障,或者那是贝茜所希望的,那么你的硕士学位至少能保证你通过这个国家任何一所无聊的男子预科学校以及大多数大学的对数表测试。另一方面,既然我们生活在一个只看官衔和学士帽的世界里,除非你有一个博士学位,否则你的希腊文再漂亮,你还是进不了任何一所有一定规模的好学校。(当然你还是可以随时搬去雅典的。阳光灿烂的**老**雅典。)但是我越往下想,就越想说去他妈的什么学位。事实是,如果你想知道的话,我总是忍不住想,如果我和西摩没在你小时候塞给你那么多课外阅读,什么《奥义书》、《金刚经》、埃克哈特以及我们以前喜欢的各种各样的书,那么你做起演员来应该可以得心应手得多。按理说,演员就该轻装上阵。小时候我和西摩有一次和约翰·巴里摩尔共进午餐,真是一次心旷神怡的经历。他聪明绝顶,一肚子学问,但丝毫没有背上正规教育的包袱。我提到这事是因为上周末我和一个架势很大的东方学专家聊天,对话一度停滞不前,充满了形而上的凝重感,于是我告诉他我有个弟弟,一次他为了忘记一段不愉快的恋爱经历,开始尝试把《剃发奥义书》翻译成古希腊文。(专家捧腹大笑——你知道研究东方学的专家笑起来是什么样子的。)

我向上帝祈祷,希望自己能预测你做一个演员到底有没有前途。当然,你是个天生的演员。这一点即便是我们的贝茜也知道。而且你和弗兰妮是我们家里仅有的两个美人。但是你要去哪里表演呢?这一点你考虑过吗?是演电影吗?如果是的话,我可就要担心万一你体重增加,那你就会成为又一个献身于老牌好莱坞汞合金式电影的年轻演员,要么就是职业拳击手加神秘主义者,要么职业杀手加苦大仇深的少年,要么西部牛仔加人类的良心,反正就是这一套。这种票房大片的水准你会甘于接受吗?还是说你梦想着一些稍微大气一点的东西——比如,在彩色故事片版的《战争与和平》里饰演皮埃尔或者安德烈,有气势磅礴的战争场面,而人物刻画方面的精微之处自是荡然无存(因为这些东西只有小说能表现,电影则无能为力),由大无畏的安娜·麦兰妮出演娜塔莎(为了让作品保持经典及诚实),美妙的插曲由德米奇·波普金制作,所有的主要男演员都间或抽动一下下颌的肌肉,以便表现出内心强烈的情感冲突;本片的全球首映要在冬宫举行,名人们在泛光灯下进入剧场,分别由莫洛托夫、米尔顿·伯利和杜威州长做主持介绍。(我说的名人当然是指铁杆托尔斯泰迷——德克森议员、莎莎·嘉宝、加洛德·豪森、乔治亚·杰塞尔、丽兹的查尔斯。)这听起来怎么样?如果你选择的是演话剧,你也会有同样的错觉吗?你见过一部真正美丽的话剧吗?你想说《樱桃园》吗?别告诉我你真的见过。从没有人见过真正美丽的表演。你也许见过"有灵感"

的表演，或者"有实力"的表演，但是美丽的表演？不可能。没有一个在舞台上表演契诃夫作品的人能跟契诃夫的天才媲美，微妙的细节，独特的风格，不可能。你可**真**是让我担心啊，祖伊。即便你不能原谅我的夸张，请至少原谅我的悲观。可问题是我偏偏知道你对事物的要求有多高，你这个小混蛋啊。我有过跟你一起坐在剧院里的地狱般的经历。我可以清楚地看到你对表演艺术有多么高的期待，但是它并不拥有你所期待的东西。看在老天爷的分上，三思啊。

今天就算是我给自己放假吧。今天是西摩自杀三周年，我神经质般地数着每一天。我跟你说过我去佛罗里达领他尸体时的经历吗？我像个傻子一样在飞机上痛哭了整整五个小时。我一次次小心地遮住自己的脸，不想让过道那边的人看到——感谢上帝我旁边没有坐人。飞机着陆前大约五分钟我注意到坐在我后面的两个人在说话。是一个女人的声音，她肯定住在波士顿后海湾区，也多半是哈佛广场的常客，她说："……然后**第二天早晨**，我跟你说，他们从她那可爱年轻的身体里抽出了一品脱的脓。"我就记得这些,几分钟后我下了飞机,那位痛苦的寡妇穿一身在古德曼买的丧服朝我走过来,这时我脸上的表情却不对劲了。我在咧着嘴笑。我今天也恰恰是同样的感觉,没有任何理由。虽然我的理智不认同,但是我的感觉十分肯定:就在我的附近,什么地方——也许就是路边的第一所房子里——一位诗人正在死去,但是同样也在这附近,有人正从她年轻可爱的身体里抽出一品脱可笑的脓,而我,我不可能永远在悲喜之间疲于奔命。

上个月,系主任希特(每次我一提他的名字就会想起弗兰妮)找我谈话,脸上挂着亲切的笑容,手里却挥舞着皮鞭,所以我现在每个礼拜五都要给系里的教职工、他们的老婆以及几个超深沉的本科生开讲座,专讲禅和摩诃衍那佛教。这样的壮举最终将为我在地狱里赢得一个东方哲学的教授职位,对此我坚信不疑。关键是,我以前每周得去学校四天,现在却要去五天,加上晚上和周末干自己的事情,我几乎没时间进行任何自由的思考了。只要一有空我就会想到你和弗兰妮,是真的担心,但可悲的是,我找不到足够的时间来担心你们。我真正想说的是,我今天埋在烟灰里给你写信其实跟贝茜的来信没有什么关系。她每个礼拜都会向我发出一些有关你和弗兰妮的最新消息,而我从来没有什么反应,所以说跟她的信并没有关系。促使我坐下来写信的是今天我在一家超市里的经历。(不会另起一段了,我饶了你。)我站在肉制品柜台前排队,想买点羊排。队伍里还站着一个年轻的母亲和她的小女儿。那个小女孩大概四岁,为了打发时间,她背靠在玻璃柜台上,仰头盯着我没有刮胡子的脸看。我告诉她,她是我今天见到的最漂亮的小姑娘。她听懂了我的话;她点了点头。我说我打赌她有很多男朋友。她又点了点头。我问她有几个男朋友。她竖起了两个手指。"两个!"我说:"你的男朋友可真是不少啊。宝贝,他们叫什么名字?"她尖声回答道:"**鲍比和多萝茜。**"我抓过我的羊排转身就跑。但那就是我写这信的原因——而不是因为贝茜坚持要我跟你讲博士学位和演戏的事。因为这个,还因为一首俳句,是我在西摩开枪自杀的那个宾馆房间里找到的。用铅笔写在旅馆记事本上:"飞机上的小女孩/她把洋娃娃的头转过来/让它看着我。"我开车从超市往家里走的时候,脑子里就装着这两件事,于是我想我终于可以给你写信了,可以告诉你**为什么**我和S.那么早就接管了你和弗兰妮,为什么我们要用那么高压的方式教育你们。我们从来没有亲口告诉过你们原因,我想现在是时候了,我们中的一个该开口了。但是现在我却不知道我是否还说得出来。那个肉制品柜台旁的女孩已经消失了,而飞机上那只洋娃娃的有礼貌的脸我也看不太清了。加之身为专业作家的职业恐惧,以及这种恐惧带来的文字的腐臭味,这一切都开始让我坐不住了。然而,我得努力试一下,这至关重要。

我们的问题似乎总是因为我们之间悬殊的年龄而节外生枝。我、西摩、两个双胞胎,还有波波之间倒还不是很严重,主要是你和弗兰妮同我和西摩之间。我们俩都是成年人——你和弗兰妮刚开始识字的时候,西摩甚至都已经大学毕业很久了。那时候我们已经不再感到那种要把自己最喜爱的经典著作塞给你们的冲动——反正已经不像教双胞胎和波波时那样激情澎湃了。我们知道如果一个人生来是学者，那么他迟早会开化的，而且有太多的少年老成和万宝全书式的孩子，长大后成了大学休息室里的学术权威，这些活生生的例子让我们打心底里感到不安，甚至是恐惧。然而关键的关键在于，西摩当时已经开始相信（而我也在我所能理解的范围之内认同他的观点）教育这个东西，如果根本不以追求知识为起点，而是像禅宗里所说的，以追求无知识为起点，那么不管叫什么名字，教育都会芬芳依旧，也许是更为甘甜。铃木博士在哪里说过，处于纯意识的状态——satori［开悟］——意味着在上帝说"要有光"之前便同上帝在一起。我和西摩觉得暂时把这光藏起来，不让你和弗兰妮见到（至少能藏多久算多久）也许是一件好事，一并藏起来的还包括所有那些因为这光才成为可能的更低等、更流行的东西——艺术、科学、古典著作、语言——等到你们俩都能达到一种状态，至少心灵能明白所有光的来源时，到那时候再让你们认识光也不迟。我们感觉真正会让你们受益的做法是,至少先把我们所了解的有关那些人的情况都告诉你们——有关那些圣人、阿罗汉、菩提萨埵、吉范木卡达的一切——这些人对于这种存在状态或略知一二,或了如指掌。换言之,我们希望你们先对耶稣、乔达摩、老子、商羯罗查尔雅、六祖慧能和罗摩克里希纳这些人有所了解,至于荷马或者莎士比亚,甚至布莱克或者惠特曼这些人,都应该在这之后再去接触或者细读,更不要说华盛顿和他的樱桃树的故事,或者半岛的定义,或者如何分析句子成分之类。反正,这就是我们当时的宏大意图。此外我还想说的恐怕是,那些年我和西摩定期给你们开的家庭讲座你们肯定恨之入骨,尤其是关于形而上学的那部分。我真想有一天——最好是我们俩都醉倒的时候——我和你能够再聊聊那些日子。(与此同时,我只能说当时我和西摩都从没想到,你有朝一日会当个演员。我们**本应该**想到的,毫无疑问,但是我们没有。如果我们当时料想到你会当演员的话,我敢肯定S.一定会为你做些有益的准备。我想S.准能上哪儿找到一个关于涅槃和东方知识的预备课程,还是专门面向演员开设的。)这一段该结束了,可是我絮絮叨叨地刹不住。接下来的内容会让你皱眉头,但是我却非说不可。S.死后我真的会不时地想回去看看你和弗兰妮是否还好。你当时已经十八岁了,我倒不是太担心你。虽然我的确曾在某个班里听到一个爱说闲话的小丫头提到你,说你在大学宿舍里很出名,因为你会一个人走出去静坐,一坐就是十个小时,我为此也伤了一番脑筋。可那时候弗兰妮只有**十三岁**。然而我还是没有回去。我害怕回家。也许你们俩会站在房间的那头朝我开火,把马克斯·缪勒的《东方圣书》一本接一本朝我扔过来,一面流着眼泪,可我不是怕这个。(也许对我而言这反而会带来某种自虐的快感。)我害怕的是你们俩都有可能会问我的问题(这远比责难更让我害怕)。我记得很清楚,葬礼过后整整一年我才第一次回纽约。那以后就简单多了,逢你们生日或者节假日我就回去,然后基本上可以肯定你们会问的问题不外乎我的下一本书什么时候出来,或者最近我有没有滑雪,等等等等。过去几年里你们甚至曾经来我这里过过好几个周末,然而尽管我们总在聊天聊天聊天,但是我们默认我们将一个字都不提起。今天是我第一次想开口提起这一切。我越往下写这该死的信,就越没有信心,越提不起勇气。但是今天下午,就在那个孩子告诉我,她男朋友的名字叫鲍比和多萝茜的那一刻,我向你发誓,我感觉我对真理有了微妙的把握,真理对我而言成了完全可以被言说和传递的东西(用切割羊排的方法)。西摩有一次告诉我——在一辆穿越市区的公共汽车上,在哪里不好非要在公交车上——任何正宗的宗教研究**必须引向**对"不同"的扬弃,虚幻的不同,男孩和女孩的不同,动物和石头的不同,日与夜的不同,冷与热的不同。这是我站在肉制品柜台旁边突然想到的,于是以七十英里的时速驱车回家立即给你写信,这在我简直成了生死攸关的事情。哦,上帝,真希望当时我在超市里就随便拿支笔写了,可我以为那段路程不至于影响我的思路。不过也可能都一样。有几次我觉得你比我们中任何一个都更彻底地原谅了西摩。维克有一次就这个话题对我说过一段很有趣的话——

事实上，我只是在重复他的原话。他说你是我们中唯一一个对西摩的自杀表现出愤愤不平的人，却也是唯一一个真正原谅了西摩的人。而我们其余这些人都是表面上淡然处之，内心深处却始终耿耿于怀。维克的话也许对得不能再对了。我又怎么知道？我清楚知道的是，我确实以为我有一些令人高兴和激动的话要告诉你——只要一页纸，还是双倍行距——我也知道我到家的时候这些话就已经基本消失了，或者完全消失了，能做的就只剩下走个过场了。跟你讲一通关于博士学位和演员人生的道理。多混乱，多可笑，而西摩他肯定会微笑，微笑——然后可能会安慰我，还有我们所有人，什么都不用担心。

够了。行动吧，撒迦利亚·马丁·格拉斯，无论何时，无论何地，只要你想行动，因为你觉得你必须行动，但是要**全力以赴**。不管你在舞台上做什么，只要是美丽的，是无可命名的，是赏心悦目的，是超越戏剧天才的感召的，那么我和西摩都会穿戴上租来的燕尾服和莱茵石帽，然后庄重地走到舞台边门，手里拿着花束和一捧金鱼草。只要你需要,无论相隔多远,我都会给你我的爱和支持,虽然微不足道。

巴蒂

这一次我玩的全知全能的把戏还是一如既往地可笑,但是如果有一个人应该对我体内自作聪明的那一部分表示尊敬,那就是你。几年前,在我还是个准作家的最初也最混乱的日子里,有一次我给S.和波波念了一篇我刚写好的短篇小说。等我念完了,波波不动声色地说(但她的眼睛看着对面的西摩),这个故事"太聪明了"。S.摇摇头,远远地冲着我乐,他说聪明是我永远的痛,聪明是我的假肢,让大家意识到我的聪明是最大煞风景的事。祖伊老兄,我这个老瘸子敬告你这个小瘸子一句,我们应该惺惺相惜才是啊。

爱你
B.

这封四年前的信最后一页上染了些旧马臀革的颜

色,有两处折缝的地方已经破了。祖伊读完之后,挺小心地把信按顺序整理好。他把信纸在他没有弄湿的膝盖上捯整齐。他皱起了眉头。然后,出人意料地,他像塞刨花纸一样把信飞快地塞进了信封,就好像永远不会再读第二遍了。他把厚厚的信封放在浴缸沿上,然后开始跟它玩起了小游戏。他用一个手指轻轻地敲击鼓鼓囊囊的信封,让它在浴缸沿上前后移动,显然,他是想看看自己能不能让信封这样保持移动又不至于掉进水里去。这样玩了足足有五分钟后,他故意重重地敲了一记,然后赶紧伸手接住信封。游戏到此结束。祖伊的手里捏着抢救回来的信,整个人更深地埋进水里,膝盖也沉了下去。他心不在焉地盯着浴缸那头的瓷砖墙壁看了一两分钟,然后转头看向肥皂盒里的香烟,他拿起了烟,试着抽了几口,但烟已经灭了。突然,他又坐了起来,激起很大的水声,他那只尚未沾湿的左手搭在浴缸边上。一个剧本正仰面躺在浴室地垫上。他捡起剧本,拿到跟前,盯着看了一小会儿,然后把那封四年前的旧信夹在剧本的中间,剧本手稿的中间部分是装订得最紧的。他把剧本搁在已经弄湿了的膝盖上,离开水面大约一英尺左右,随手翻看起来。翻到第九页,他把剧本像杂志一样折起来,开始细读,或者说是研究。

"瑞克"这个角色的台词都用一支淡铅芯的铅笔重重地画了出来。

蒂娜(忧郁地):哦,亲爱的,亲爱的,亲爱的。我对你一点儿用都没有,不是吗?

瑞克:别这样说。永远别这样说,你听到了吗?

蒂娜:然而我没有说错。我是个扫把星。我是个可怕的扫把星。要不是因为我,斯科特·金凯德早就让你进布宜诺斯艾利斯办事处了。我毁了一切。(走到窗边)我就是个专门糟蹋葡萄的狐狸崽。我感觉就像正在一出非常老成的戏里扮演一个角色。可滑稽的是,我不是一个老成的人。我什么都不是。我就是我。(转身)哦,瑞克,瑞克,我害怕。我们是怎么了?我好像已经找不到我们了。我伸手,再伸手,可是我们压根不在那里。我吓坏了。我是个被吓坏的小孩。(看向窗外)我恨这雨。有时候我会看见自己在雨中死去。

瑞克(平静地)：我亲爱的，那不是《永别了，武器》中的一句台词吗？

蒂娜(转身，愤怒地)：从这里滚出去！滚出去！要不然我就从这扇窗户跳下去。你听见了吗？

瑞克(抓住她)：现在你听我说。你这个美丽的小白痴。你这个可爱的、孩子气的、爱演戏的——

祖伊的阅读突然被他母亲的声音打断了——急切的、煞有介事的声音——从浴室门外传进来："祖伊？你还在浴缸里吗？"

"**是的**，我还在浴缸里。怎么了？"

"我想进去一下，就一小会儿。我有东西要给你。"

"我正在浴缸里，看在上帝的分上，妈妈。"

"我只要**一分钟**，看在老天的分上。把浴帘拉上嘛。"

祖伊最后看了一眼他正在读的那页稿子，然后合上剧本，扔在浴缸外面。"全能的耶稣基督啊，"他说，"有时候我会看见自己在雨中死去。"一条尼龙浴帘挤在浴缸的那一头，大红色，上面的花纹是些鲜黄色的升半音、降半音和谱音符号，用塑料环吊在头顶的一根铬棒上。祖伊坐了起来，伸手够到浴帘，拉开来，挡住了自己。"好吧。**上帝**。要进来就进来吧。"他说。他的声音没有一点儿明显的演员腔，但是却共鸣得厉害；当他无心加以控制的时候，他的声音"传播"之远绝对没商量。很多年前，他还在做《智慧之童》的节目时，总有人不停地建议他要跟话筒保持距离。

门开了，格拉斯太太，一位略微发福、戴着发网的妇人，侧身进了浴室。她的年龄，无论什么情况下都极难判断，要是戴上发网就难上加难了。她进房间时通常都是未见其人先闻其声。"我搞不懂，你怎么能这样待在浴缸里。"她随手飞快地关上门，那架势是一个常年为子孙后裔免受"浴后冷风"袭击而战斗不息的人才有的。"这样甚至有害健康，"她说，"你知道自己在浴缸里待了多久了吗？不多不少四十五——"

"别告诉我！贝茜，千万别告诉我。"

"你什么意思，别**告诉**你？"

"就那意思。别彻底破坏我该死的幻觉，还是让我以为你不是真的在外面数着分钟——"

"没有人数什么**分钟**，年轻人。"格拉斯太太道。她已经忙活开了。她进浴室时带了一只椭圆形的小袋子，用白纸裹着，外面扎着金丝线。从里面装的东西的大小来看，像是"蓝色希望"[5]，要么就是灌溉装置的零件。格拉斯夫人眯起眼睛看着手里的袋子，一面想解开金丝线。用手解不开，她就用牙去咬。

她穿着那身专门在家时穿的衣服——被她儿子巴蒂（巴蒂是个作家，因此按卡夫卡的话来说，**不是什么好人**）称作她的死亡预报制服。这身衣服主要就是一件年代久远的深蓝色日本和服。她几乎一整天都在家里穿着它。这件衣服上有很多神秘的折叠口袋，对于烟瘾和家务都很重的格拉斯太太来说，可以装很多随身物品，非常之方便；屁股那里加了两只超大的口袋，通常装着两到三包香烟、几只火柴盒、一把螺丝刀、一只锤子、一把她的某个儿子曾经用过的童子军匕首、一两个搪瓷的水龙头开关，外加一全套螺丝、钉子、铰链、小脚轮——格拉斯太太在她宽敞的公寓里挪动时，所有这些东西就会隐隐约约地发出哐啷叮当的碰撞声。大约有十几年的时间里，她的两个女儿曾几次三番合谋，试图把这件老和服扔出去，但都没有成功。（已经嫁为人妇的波波有一次暗示说，也许要用一把钝器对这件衣服来个致命的一击,然后才能把它扔进废纸篓里去。)这件外套最初的设计当然东方味十足,然而格拉斯太太给某一类旁观者所留下的有冲击力的家庭主妇的单一印象,却完全不会因为这件衣服受到丝毫影响。格拉斯一家住在东七十几号大街的一座公寓里,虽然是老房子,但绝对不失时髦。这一带的女房客大约三分之二都有毛皮大衣。某个阳光明媚的工作日的早晨,她们离开自己的寓所,可以想见,大约半小时之后,她们至少会出现在最时髦的一些百货公司的电梯口,非进即出。在这个充满曼哈顿风味的住宅区,格拉斯太太是道相当另类的风景(从某个无可置疑的顽皮的视角来看)。她给人的第一印象是,她似乎从来都不会离开家门半步,但是**如果**她迈出家门,那应该就会裹一件黑色的披肩,然后大约是往奥康内尔大街的方向走,到那里去领她某个儿子的尸体。她的儿子们都是半爱尔兰半犹太血统,由于某个公务程序上的差错,他刚刚被黑棕部队开枪打死了。

祖伊的声音突然满是狐疑地响了起来:"**母亲**?您到底在那儿忙活些什么呢?"

格拉斯太太已经打开了纸包,这会儿她正站着读一盒牙膏背面印的小字。"你行个好扣上你那张嘴吧。"她心不在焉地说,一面走到药柜边。药柜安在脸盆上方,靠着墙。她打开装着镜子的柜门,里面的隔板上放满了东西,她以一双尽职的药箱园丁的眼睛审视着里面的一切——或者说是以主人的姿态乜斜着双眼。她眼前的药箱隔板上琳琅满目地陈列着一大堆宝贵的药用品,外加一些看不出是什么名堂的舶来品。有碘酒、红药水、维他命丸、牙线、阿司匹林、安诺星去痛片、百服宁、阿吉洛尔消毒药膏、芥末油、特效泻药、氧化镁乳剂、肝病泻盐、口香糖剂、两把吉列剃须刀、一把舒适牌喷射刮胡刀、两盒剃须膏、一张皱巴巴的有点破了的快照,上面是一只趴在走廊栏杆上睡觉的黑白相间的胖猫;三把梳子、两把毛刷、一瓶植物发油、一瓶脱涂剂、一瓶没贴牌子的甘油栓剂、维克斯滴鼻剂、维克斯达姆膏、六块橄榄皂、三张一九四六年的音乐喜剧票根(《叫我先生》)、一管脱毛膏、一盒餐巾纸、两个海贝壳、一套像是用过的指甲砂锉、两瓶洗面奶、三把剪刀、一把指甲锉刀、一颗没有花纹的蓝色弹子(至少二十年代时的弹子玩家们会称之为"纯品"）、毛孔收缩霜、一副镊子、一个没了表带的女式金表的表盘、一只碳酸苏打水的瓶子、一枚女子寄宿学校的戒指（上缀一颗刻字的玛瑙石）、一瓶除臭剂——信不信由你，还有很多别的东西。格拉斯太太轻快地伸手在最下面一层拿起一件东西，砰的一声丢进了废纸篓，声音闷而轻。"我在这里给你放了一管新的牙膏，他们都说这牙膏好得不得了。"她头也不回地宣布道，一面把牙膏放了进去。"不许再用什么牙膏粉了。你牙齿上可爱的珐琅质都会掉光的。你的牙齿多可爱呀。你至少可以采取正确——"

"谁说的？"浴帘后面传来了拍击浴缸水的声音，"谁他妈说我牙齿上可爱的珐琅质都会因为牙膏粉掉光的？"

"**我**说的。"格拉斯太太最后挑剔地看了她的花园一眼。她伸出镘刀似的手指把一瓶没有打开的肝病泻盐往里面推了一点，让它跟其他常绿植物站成一排，然后关上了柜门。她转而面向冷水龙头。"我倒想知道是谁洗了手又不清洗水盆，"她闷闷不乐地说，"这也算是一个成年人的家庭。"她加大水压，用一只手很快地彻底地把水盆清洗了一遍。"我猜你还没跟你妹妹谈过吧。"她说，转身看向浴帘。

"没有,我还没有跟我妹妹谈过。现在他妈的先出去一下好不好?"

"为什么还没谈?"格拉斯太太追问道,"我觉得这样很不好,祖伊。我觉得这样**一点儿**都不好。我特意请求你去看看你是否能做点什么——"

"首先,贝茜,我一个小时前刚起床。其次,我昨晚跟她谈了整整两个小时,我想她今天不会再他妈想跟我们中任何一个谈了。第三,如果你再不离开这间浴室,我就要放火烧这该死的丑帘子了。贝茜,我是说真的。"

格拉斯太太没等他说完三点陈述,就已经走神了,她坐了下来。"有时候我真想杀了巴蒂,他就是不肯装部电话,"她说,"真是太**没**必要了。一个成年人怎么能那样**生活**呢——没有**电话**,什么都没有?没人想要侵犯他的**隐私**,如果他**想要的**就是隐私权的话,可我真的觉得没有必要非得像个**隐士**似的生活。"她换了个姿势,跷起二郎腿,动作有点不耐烦。"甚至都不安全,看在老天的分上!万一他跌断了腿怎么办。一个人在那么远的**林子**里。我一直都在担心。"

"你担心是吧？你担心什么呢？是担心他会跌断腿，还是担心你想给他打电话的时候他却没有电话机？"

"我**两样**都担心，年轻人，告诉你吧。"

"嗯……那就别担心。别浪费你的时间。你真笨，贝茜。你为什么这么笨呢？你知道巴蒂的，看在上帝的分上。即便他在二十英里外的丛林里，两条腿都断了，一支该死的箭从前胸穿透后背，他照样能爬回他的山洞，因为他要看看有没有人偷偷地溜进去试穿他的套鞋。"帘子后面传来一阵短暂愉快的，多少也有点诡异的捧腹大笑。"相信我的话。他太在乎他那点该死的隐私了，所以他是不会死在任何丛林里的。"

"谁也没说什么**死不死**的话。"格拉斯太太道。她轻轻地，几乎是多余地整理了一下头上的发网。"我**一早上**都在想办法打电话给那些住在他那个山脚的路边上的人。他们连电话都不接。没法联系到他真是**气人**。我苦苦**求**了他多少次了，让他把那部装在他跟西摩的老房间里的电话移出来。叫我说这甚至都不正常了。真要是发生了什么事，他又**需要**别人——真是气人。我昨晚试了两次，今天早晨又试了四次——"

"到底有什么好'气'的?首先,住在路边的那些陌生人凭什么就得听我们使唤呢?"

"谁说我们要**使唤**谁了,祖伊。你别太过分了。告诉你吧,我**非常**担心那个孩子。**而且**我觉得应该把这些事都告诉巴蒂。告诉你吧,我觉得如果在这种时刻我不跟他联系的话,他永远都不会原谅我的。"

"好吧,行了!那你干吗非要打扰他的邻居而不打电话给学校呢?他这个时间本来也不会待在他的洞里——你知道的。"

"拜托你把声音放低一点吧,求你了,年轻人。谁也不是聋子。告诉你吧,我已经给学校打过电话了。我从以往的教训中明白这样做一点用都没有。他们就是在他桌上给他留个条。可我觉得他根本都不会**靠近**他的办公室。"格拉斯太太突然身体往前倾,但她并没有站起来,而是伸手在放满脏衣服的篮子的最上面捡起了一样什么东西。"你里边有洗澡布吗?"她问道。

"应该是'浴巾',不是'洗澡布'。我唯一想要的,该死的,贝茜,就是让我一个人待在浴室里。我就这么一个简单的愿望。如果我想看到每一朵路过的爱尔兰胖玫瑰都挤进浴室里来,那我早就告诉你了。现在,快点。快出去吧。"

"祖伊,"格拉斯太太耐心地说,"我**手里**正拿着一块干净的洗澡布。你到底要还是不要?就请你回答,要还是不要。"

"哦,我的上帝!要。要。**要**。我要它胜过世界上的一切。扔过来吧。"

"我不会**扔**过去的。我会递给你。这个家里,什么都是扔来扔去的。"格拉斯太太站起来,朝浴帘走了三步,等着后面伸出一只手来接浴巾。

"万分感谢。现在请从这里消失。我已经掉了有十磅肉了。"

"一点都不**奇怪**!你坐在那个浴缸里,坐到真的是脸都发青了,然后你——**这**是什么?"格拉斯太太弯下腰,兴趣十足地捡起那个祖伊在她进来前念的剧本。"这是勒萨日先生给你的新剧本吗?"她问道,"就搁**地板**上?"没有人回答她。就好像夏娃问该隐,外面大雨中躺在地上的东西不就是他那把可爱的新锄头吗。"这可真是个放**剧本**的好地方,要我说。"她把剧本带到窗边,小心翼翼地放在暖气片上。她低头看剧本,好像是在检查有多湿。百叶窗是拉下来的——祖伊坐在浴缸里读信时借的光来自天花板上的顶灯,一共有三个灯泡——一小方晨光从百叶窗下面慢慢地挪进来,照在剧本的封面上。格拉斯太太把头侧向一边,想更好地看清楚剧本的标题,一面从她和服的口袋里拿出一包特大号的香烟。《心灵是秋天的流浪者》,"她饶有兴味地读出声来,"不寻常的标题啊。"

浴帘后面的反应有点慢,但是听起来颇有兴致。"是什么?是什么样的标题?"

格拉斯太太早有防备。她直起身来,重新坐下,手里拿着一支点燃的烟。"不寻常,我说了。我没说它**美丽**什么的,所以你——"

"啊,老天。你得每天起个大早才不会错过那些好东西,贝茜小姑娘。你知道你的心灵是什么吗,贝茜?你想知道你的心灵是什么吗?**你的心灵**,贝茜,是秋天的停车库。这样的标题时髦吗,嗯?上帝,很多人——很多**不知情**的人——以为这个家里只有西摩和巴蒂是文人。要是我开始**思考**,要是我坐下来一分钟,想想诗情画意,想想停车库,我就会白白浪费我人生的每——"

"行了,行了,年轻人。"格拉斯太太说。不管她对电视剧名字的品位如何,也不管她一般的审美能力怎么样,反正她的眼睛一亮——仅仅是一亮,但的确是一亮——这是对她的小儿子,也是唯一一个英俊的儿子欺负她的风格的一种欣赏,一种类似行家的,虽然多少也有点变态的欣赏。有那么一秒钟的时间,这道亮光取代了她眼中一直以来的疲惫,以及她踏进浴室后就一直挂在脸上的那份实实在在的担忧。然而她几乎是立刻就开始自卫了:"那个标题怎么了?它**就是**很不寻常嘛。你!你从不觉得任何东西是不寻常的或者是美的!我从没听你说过——"

"**什么**?**谁**没觉得?我到底是觉得什么东西不美了?"浴帘后面传来一阵小规模的水啸声,仿佛有一只调皮的鼠海豚突然开始玩游戏了。"听着,我不在乎你对我的种族、信条或者宗教信仰做何评价,胖子,但是别告诉我,我对美的东西不敏感。美是我的致命弱点,你给我记住了。对我来说,**所有**东西都是美的。看一眼粉红色的落日,我就融化了,上帝。**任何**东西。《彼得·潘》。《彼得·潘》上演时还没起幕,我就已经热泪盈眶了。而你却胆敢跟我说什么我是——"

"哦,闭嘴。"格拉斯太太心不在焉地说。她重重地叹了口气,又深深地吸了一口烟,一脸的严肃,她从鼻孔里把烟吐了出来,说道——其实是吼道——"哦,我真**希望**我能知道该拿那个孩子怎么办!"她深深吸了一口气,"我真是黔驴技穷了。"她看了浴帘一眼,简直就像是X光扫射。"你们没一个派得上用场的。一个都没有!你**父亲**甚至都不愿意开口**说**几句话。你也知道的!他也担心的,这是自然的事——他脸上的那个表情我是知道的——但是他就是不愿意面对任何事情。"格拉斯太太绷紧了双唇。"我认识他这么久,他从来没有面对过任何事情。他以为只要打开收音机,只要里面的某个小傻子张嘴开唱,那么任何**特别的**或者**不愉快的**事情就都会走开了。"

处于隔绝状态的祖伊大声笑起来。跟他的捧腹大笑几乎很难区分,但还是不一样的。

"他就是那样的!"格拉斯太太坚持道,没有开玩笑的意思。她往前坐了坐。"你不想知道我真实的想法吗?"她追问道,"你**不想**吗?"

"贝茜。看在上帝的分上。你反正是要告诉我的,那么我想不想听又有什么——"

"**我真的**觉得——**我这会儿是认真的**——**我真的**觉得他一直想再听到你们这些孩子都上电台做节目。我这会儿没开玩笑。"格拉斯太太又深吸了一口气。"每一次你父亲打开收音机,我都真的感觉他是想调到《智慧之童》,然后听到你们的声音,**一个接一个**,回答问题。"她抿起嘴唇,停了下来,在无意识中给自己的话添了几分分量。"我是说包括你们每一个人,"她说,突然又稍稍挺直了一下身体,"也包括西摩和沃特。"她很快地吸了一口烟,但是吸得很大口。"他完全活在过去。完完全全。他甚至几乎从来不**看**电视,除非是**你**的节目。别笑,祖伊。这没什么好笑的。"

"到底谁在笑了?"

"反正是真的! 他完全没觉得弗兰妮有什么真的不对劲的地方。一点都没有! 昨晚十一点新闻过后,你知道他问我什么吗? 他问我弗兰妮会不会想吃个**橘子**。你哪怕就跟那孩子嘘一声,她也会躺上几个小时,把眼睛都哭出来，还跟自个儿一刻不停地念叨着天知道是**什么东西**，而你的父亲却想也许她想来个橘子。我杀他的心都有了。下一次他——"格拉斯太太打住了。她盯着浴帘。"什么这么好笑？"她质问道。

"没什么。没什么，没什么，没什么。我喜欢那个橘子。好吧，还有谁也帮不了你呢？我。莱斯。巴蒂。还有谁？贝茜，向我敞开胸怀吧。不要沉默不语。这是这一家子最大的毛病——我们心里藏的话都太多了。"

"你的笑话一点都不好笑，小伙子。"格拉斯太太道。她慢吞吞地把一小绺掉出来的头发塞进发网的橡皮筋里去。"哦，我**希望**我哪怕能跟巴蒂在电话上聊个几分钟也好啊。他可是唯一一个**知道**这到底是怎么一回事的人。"她若有所思地说，话里带着明显的怨恨。"真正是祸不单行。"她拢起左手，把烟灰弹进手心。"波波要到**十号**才能回来。维克我都**不敢**告诉他，就算我知道怎么**找到他**。我一辈子也没见过这样的一家子。我是说真的。按理说你们这些孩子都算是非常聪明的，每一个都是的，可是到了关键时候，你们却没一个有用的。一个都没有。我真是有点受不了——"

"**什么**关键,看在上帝的分上?什么样的关键时候?你想要我们做什么呢,贝茜?走进弗兰妮的房间,然后替她生活吗?"

"别再说这种话了!谁也没说要谁来代替弗兰妮过她的**生活**。我只是想**有个人**能走进那间客厅,然后弄明白到底是怎么回事,**那**就是我想要的。我想知道那孩子打算什么时候回学校去,然后上完这**学年**的课。我想知道她什么时候打算往她的肚子里送一些多少有点**营养**的东西。她星期六晚上到家以后就几乎再没吃任何东西——什么都没吃!我试过了——不到半个小时之前——想让她喝碗鸡汤。她就尝了两口,**就两口**。昨天我让她吃的那点东西她全给**吐出来**了,一点没夸张。"格拉斯太太的声音停顿片刻,就是咽了口唾沫。"她说她过会儿吃个干酪汉堡。这**干酪汉堡**算是怎么回事呢?我看她一个学期以来就只吃干酪汉堡加可乐。现如今这大学里就给小姑娘们吃这些玩意儿吗?我知道**一件**事。要是哪个小姑娘虚弱到像这个孩子一样,我绝对不会再让她吃甚至都——"

"要的就是这种精神!要么鸡汤,要么啥也没有。您老人家能做到如此这般可不容易。如果她铁了心要精神崩溃,我们至少可以起起哄,添添乱。"

"年轻人,你也别太**没规矩**了——哎,你这张嘴啊!告诉你吧,我觉得那孩子平时吃什么东西跟她现在这个样子有很大的关系,这完全有可能。这孩子还是个**孩子**的时候,要她吃蔬菜或者随便什么对她有**好处**的东西都是不逼不行的。你不能没完没了地折磨自己的身子骨啊,年复一年——不管你脑子里想什么也好。"

"你说什么都对。你说什么都对。你他妈真一针见血,真是叫人目瞪口呆。我浑身都是鸡皮疙瘩了……上帝,你给了我灵感。你让我燃烧,贝茜。你知道你做了什么吗?你意识到你刚做了什么吗?你刚刚给了这整个该死的事件一个新鲜的、崭新的、《**圣经**》意义上的诠释。我在大学里写了四篇关于耶稣受难的文章——是五篇——每篇都让我烦得快疯了,因为我总觉得缺了一点什么。现在我知道缺什么了。现在一切都清楚了。我可以从一个**全新的角度**来看耶稣基督:他不健康的狂热主义;他粗鲁地对待那些善良、正常、保守且自觉纳税的法利赛人。哦,太让人激动了!贝茜,你以你简单的、直接的、固执的方式一语道出了整部《新约》一直缺少的主旨。**不健康的饮食**。耶稣是吃干酪汉堡和可乐的。就我们所知,他可能喂那些——"

"**给我住嘴吧,马上**。"格拉斯太太打断了他。她的声音很平静,但充满威胁。"哦,我真想在你那张嘴上盖上一块尿布。"

"好吧,大惊小怪的。我只是想进行一场有礼貌的浴室谈话而已。"

"你可真**好笑**。哦,你可真好笑!年轻人,事实碰巧是这样的,我考虑你小妹妹时的角度,跟我考虑主耶稣时的角度不是一模一样的。我也许是有点特别,但我现在碰巧不特别。我碰巧没看出那样一个大学小女生,一个虚弱的、累坏了的、读太多宗教书的女生,跟主之间有什么好比较的!你当然跟我一样了解你妹妹——或者说**应该**跟我一样了解她。她**特别**容易受影响,她一直都是这样的,你知道得很清楚!"

浴室里安静了一分钟,感觉很怪异。

"妈?你在外面坐着吗?我有种可怕的感觉,你是不是坐在那里同时抽着五支烟?是吗?"他等着回答。

格拉斯太太却选择了沉默。"我**不想**你坐那儿不动,贝茜。我想离开这个该死的浴缸……贝茜?你听到我说话了吗?"

"听到了,听到了。"格拉斯太太说。一阵新的担忧掠过她的脸庞。她不安地挺直了身子。"她跟那只布卢姆伯格一起躺在沙发上,"她说,"多不**卫生**。"她深深地叹了口气。她的左手拢起来托着烟灰已经有几分钟了。这会儿她探身把烟灰倒进废纸篓里,人并没有站起来。"我**不知道**我该做什么,"她宣布,"我就是不知道,就这么回事。这个家是彻底乱套了。油漆工基本已经漆完她的房间,他们吃过午饭就要进客厅的。我不知道是不是要叫醒她,还是该怎么办。她几乎都没睡过觉。你知道我等了**多久**才抽出空来让油漆工们过来吗?都快二十——"

"油漆工!啊!总算又见天日了。我把油漆工给忘了。听着,你干吗不让他们到这儿来呢?这里可**宽敞**了。要是我不让他们进浴室,他们该把我当成什么样的主人了,而我——"

"安静一分钟,年轻人。我在想问题呢。"

祖伊好像很听话的样子,突然开始用他的浴巾了。有那么一小会儿,隐隐约约的泼水声是整间浴室里唯一的声音。格拉斯太太坐在离浴帘八到十英尺远的地方,眼睛越过瓷砖地面盯着浴缸边上的地垫。她的香烟已经烧到屁股了。她用右手的两个手指夹着香烟。格拉斯太太给人的第一印象很强烈:她的肩头仿佛总是披着一块隐形的都柏林主妇的披肩(这种印象仍是完全可以理解的);然而她拿香烟的姿势却把这种第一印象完全击碎了。她的手指不仅非常细长匀称——打个比方,一般来说,你不会想到这是一个中等发福的女人的手指——而且带着一种贵族气息的微微颤动;一位被废黜的巴尔干皇后或者一位曾经的绝代名妓的手指也许也会有如此优雅的颤动。但这不是唯一一个同"都柏林黑色披肩"这一母题相矛盾的地方。还有贝茜·格拉斯的腿,那是一双让人刮目相看的腿,一双不论以什么标准衡量都绝对标致的腿。它们的主人曾经是一个方圆几百里内公认的大美人,一位杂技演员,舞蹈演员,身轻如燕的舞蹈演员。这会儿腿的主人正坐着,眼睛盯着地垫,左腿架在右腿上,那只白色的旧毛线拖鞋似乎随时都有可能从跷起的那只脚上掉下来。她的脚异常小,脚踝仍然很细,最绝的也许是她的小腿,仍然绷得很紧,而且显然一直都很光滑。

格拉斯太太突然发出一声长叹,比起她习惯性的叹息,这一声尤其沉重——仿佛是生命力量本身的一部分。她站了起来,拿着香烟走到水槽边,打开冷水冲烟头,把熄灭的烟头扔进了废纸篓,然后又坐了下来。她让自己陷入沉思的魔咒并没有就此打破,仿佛她根本没有离开过座位。

"我三秒钟以后就要出来了,贝茜!我已经敬告你啦。做人可不能太不识趣咯,伙计。"

格拉斯太太又在盯着蓝色的地垫了,听到儿子的"敬告",她只是心不在焉地点了点头。那一刻,如果祖伊能看到他母亲的脸,尤其是她的眼睛(这一点非说不可),那么他也许会感到一股强烈的冲动(不管是否稍纵即逝),回忆一遍他们之间刚刚进行的那场对话,以另一种方式,以另一种语气——给这场对话注入一点温柔与和谐。话说回来,他也可能不会有这样的冲动。时值一九五五年,再要想从格拉斯太太的脸上,尤其是从她蓝色的眼睛里读出什么真实可靠的信息,已经很难了。几年前,单是她的眼睛就能道出所有的故事(对人也好,对地垫也好),她的两个儿子死了,一个是自杀(她最喜欢的一个,她最完美、最善良的儿子),一个死于二战(她唯一的真正开朗的儿子)——曾经,贝茜的眼睛可以畅所欲言,对细节充满热情,可以述说所有这些事实,无论是她的丈夫还是她所有活着的成年孩子,都没有勇气直视她的眼睛;如今,一九五五年,她会站在大门边上,同一双可怕的凯尔特眼睛,报告的却是这样的消息:新的快递员还没把晚饭要烧的羊腿送来,或者某个好莱坞小明星的婚姻触礁了。

她突然又点上一支超大号的香烟,吸了一口,然后站起身,吐出烟。"我一会儿就回来。"她说。这话听起来像是一个天真的许愿。"你出来的时候请踩在地垫上,"她加了一句,"地垫放在那儿就是用来踩干脚的。"她出去了,随手关紧了门。

仿佛"玛丽王后号"突然来到瓦尔登湖,在临时为它搭建的湿坞停靠几天之后,忽地又拔锚起航了,真是来也突兀,去也兀突。祖伊在浴帘后面闭了一会儿眼睛,送走

"王后号"之后,他自己的小船正在湖里颤颤巍巍地摇摆着。然后他拉开浴帘,眼睛盯着紧闭的浴室门看了一会儿。这一眼很有些分量,而解脱的感觉其实并不是其中最主要的部分。从祖伊的眼神可以看出他是一个珍视自己隐私的人,一旦隐私被侵犯,而这个侵犯者却又转身一走了之,一、二、三,就**那样**,他的眼中便会出现这种难以释怀的眼神。

不到五分钟之后,祖伊赤脚站在水槽前,湿头发已经梳理过,穿着一条没有皮带的深灰色斜纹呢宽松裤,赤裸的胳膊上搭着一块毛巾。剃须前的仪式已在进行中。百叶窗拉起一半;浴室门半开着散发蒸汽,好让镜子变清晰;他点上一支烟,吸了一口,放在镜面药柜下面的毛玻璃架上,伸手可及。此时祖伊已经把泡沫剃须膏挤到了修面刷上。他把剃须膏随手扔到身后的什么地方,省得碍事,盖子也没拧上。他用手掌来回擦拭镜面,抹掉了大部分雾气,发出了"吱呀"的声响。接着他就开始把剃须膏涂到脸上。他涂抹的技巧非同寻常,虽然同他剃须的技巧一脉相承。也就是说,尽管他在涂抹的时候是看着镜子,但是他的眼睛并没有跟着刷子走,而是直直地盯着他自己的眼睛,仿佛他的眼睛是一块中立国的领土,是一场私人战争中的无人之地,而他要打败的就是自己对自己的迷恋,这场战争从他七八岁时就已经开始了。如今,对二十五岁的他来说,曾经的小战术也许已经多少成了条件反射,就像一个老棒球运动员在本垒板的时候,不管是否需要总会用球棒去拍他的钉鞋。无论如何,几分钟前,祖伊梳头的时候,把照镜子的次数减到了最少。在这之前,在他擦干身子的时候,他也做到了站在一块全身镜之前却根本没怎么看镜子。

他刚刚涂完剃须膏,他的母亲就突然出现在了镜子里。她站在门口,在他身后几英尺的地方,一只手放在门把手上——装出犹豫着是否要进来的样子。

"啊!多么愉快的意外啊,我简直受宠若惊!"祖伊对着镜子说,"请进,请进!"他笑道,是他惯常的捧腹大笑,然后打开药柜取出他的剃须刀。

格拉斯太太向前迈了几步,一副沉思着什么的样子。"祖伊……"她说,"我一直在想。"她通常会坐的地方在祖伊的左面。她弯腰坐下来。

"别坐下！让我先对你欣赏一番。"祖伊道。离开浴缸，穿上裤子，梳好头发，他的兴致显然提高了很多。"寒舍难得有贵客临门，既已大驾光临，我们定当尽心竭力，让客人如——"

"你给我安静个一分钟。"格拉斯太太严肃地说道，一面坐了下来。她又架起一条腿。"我一直在想，你觉得找维克会不会有用呢？我觉得**不会**有什么用，但是你怎么想呢？我是说我觉得那孩子需要的是一个**精神科**医生，不是什么神父，但是我也可能**想错**了。"

"哦，没有。没有，没有。没有**错**。我还从来没见你**错**过，贝茜。你提供的事实要么是假的，要么是夸大其词，但是你从来没有**错**过——没有，没有。"祖伊兴致勃勃地把剃须刀打湿，然后开始刮胡子。

"祖伊，我在**问**你呢——请你这回别再开玩笑了。你认为我到底该不该联系维克？我可以打电话给那个叫品乔特还是什么的主教，他可能至少可以告诉我往哪里**发电报**，如果维克还在什么要命的船上的话。"格拉斯太太伸手把废纸篓向自己这边挪了一点，用来弹烟灰，她进来的时候在抽烟。"我问了弗兰妮要不要跟维克通电话，"

她说,"**要是我能找到维克的话**。"

祖伊很快地冲洗了一下剃须刀。"她怎么说?"他问。

格拉斯太太不易察觉地向右转了一点,调整了一下坐姿。"她**说**她不想跟**任何**人说话。"

"啊。我们总比她聪明些,对吧?我们可不会因为她这么说了就随她去了,对吧?"

"告诉你吧,年轻人,今天不管这孩子说什么我都不会听她的了。"格拉斯太太说着,打起了精神。她对着祖伊涂满泡沫的脸说:"如果你有个小女儿躺在房间里,**自言自语**了四十八个小时,你就不会去问她该怎么办了。"

祖伊继续刮他的胡子,没有接话。

"请你回答我的问题。你认为我该不该试着联系维克呢?我挺**怕**联系他的。他太情绪化了——神父也罢,不是神父也罢。只要你跟维克说一句好像**下雨了**,他就会当场掉眼泪。"

祖伊同镜子里自己的眼睛分享了这句话带给他的乐趣。"贝茜,你还是有希望的。"

"嗯,如果我没法打通巴蒂的电话,而**你**也不会帮我,我总是要做点**什么**的。"格拉斯太太说。她愁肠百结地

101

坐着抽了好一会儿烟,然后说:"如果完全是天主教的问题,或者类似的问题,我也许可以自己帮她。我还没把**所有的**东西都忘光。但是你们这些孩子都没有从小信天主教,我真的不明白——"

祖伊打断了她。"你离谱了,"他说,转过满是泡沫的脸,"你离谱了。你太离谱了。我昨晚就告诉你了。弗兰妮的问题完全不是宗教派别的问题。"他沾了沾剃须刀,继续刮胡子。"请你相信我的话。"

格拉斯太太目光殷切地盯着祖伊的侧脸,仿佛他会继续说下去,但是他没有。过了一会儿,她叹了一口气,说:"要是我能先把那只要命的布卢姆伯格从她的沙发上赶下去,我也就能暂时安心一会儿了。太不卫生了。"她吸了一口烟,"我也**不知道**该拿那些油漆工怎么办。这会儿他们恐怕已经漆完她的房间了,他们就要急不可耐地去客厅了。"

"要知道,我是这个家里唯一一个没有问题的人,"祖伊说,"你知道为什么吗?因为我只要一感觉忧郁,或者感到**困惑**,我怎么办呢,我就会邀请一些人到浴室里来拜访我,然后——嗯,我们就一起把问题彻底解决了,就这么回事。"

格拉斯太太看样子像是被祖伊解决问题的方法逗乐了,但今天她偏偏铁了心拒绝任何娱乐。她盯着他看了一会儿,然后,她的眼睛里慢慢浮现出一种新的神情——聪明、狡猾,还有一点点的绝望。"要知道,我不像你可能以为的那么笨,年轻人,"她说,"你们全都**神神道道**的,你们这些孩子个个都是。碰巧怎么样呢,我还是告诉你吧,碰巧就是说,我对于这背后到底是怎么一回事可比你想象的要知道得多得多。"她紧闭着嘴唇,一手在膝盖上拂了一下,其实和服上并没有烟灰,她做掸烟灰的动作是为了强调自己说的话。"如果你想知道,我碰巧知道,她昨天在屋里不肯放下的那本小书就是所有问题的**症结**。"

祖伊转身看着她,脸上挂着笑容。"你是怎么发现的?"他问。

"你永远**别管**我是怎么发现的,"格拉斯太太说,"如果你想知道的话,赖恩打了几次电话来。他**非常**担心弗兰妮。"

祖伊在洗他的剃须刀。"这个赖恩到底他妈谁啊?"他问道。毫无疑问,这仍是一个年轻人会问的问题,他还是会时不时地拒绝承认他确实知道某些人的名字。

"你非常清楚他是谁,年轻人,"格拉斯太太一字一顿地说,"赖恩·康特尔。他做弗兰妮的男朋友整整一年了。你碰见他的次数,光我知道的就不下五六次,所以别再假装你不认识他了。"

祖伊开怀大笑起来,好像他真心喜欢看到任何做作的人被戳穿,也包括他自己。他继续刮胡子,还是乐颠颠的。"叫我说应该是弗兰妮的'小伙子',"他说,"不是她的'男朋友'。贝茜,你怎么那么落伍呢?为什么呢?嗯?"

"你别管我为什么这么落伍。我告诉你弗兰妮到家后他都打来五次还是六次电话了——今天早晨你**起来前**他已经打了两次。他真的很好,而且他非常关心、非常**担心弗兰妮**。"

"跟我们某些人就是不一样,是吧?好吧,虽然我不想让你失望,但是我曾经和他一起坐过几个小时,他一点都不好。他就是一副讨人喜欢的样子,全是装出来的。顺便说一句,这里有人用了我的剃须刀,不是刮了他们的腋窝就是该死的大腿。要么就是把剃须刀**摔过**了。刀头完全——"

"没人碰过你的剃须刀,年轻人。为什么他要装出一副讨人喜欢的样子,我能问问吗?"

"为什么?因为他就是,就这么简单。可能因为有利可图吧。我可以告诉你一件事。我打赌他担心弗兰妮,原因再烂不过了。他之所以担心**可能**是因为橄榄球比赛没看完就得离开,他很不爽——他流露出了不爽,而他又知道弗兰妮很聪明,肯定被她发现了,所以他才担心。我能想象这个小杂种把弗兰妮塞进出租车,再把她弄上火车,一面心里就在琢磨比赛半场结束前能不能赶回去。"

"哦,真是没法跟你说话!一点办法都没有。我真奇怪我干吗还要来找你说。你跟巴蒂一个样。你们觉得任何人做任何事都是出于某个特殊的**原因**。你们觉得任何人给别人打电话都是出于什么肮脏的、自私的**原因**。"

"一点没错——十之八九都是这样。这个讨厌的赖恩就不例外,你不用怀疑。听着,有一次弗兰妮跟他外出前在屋里打扮,我就陪他聊了整整二十分钟,要我说他就是一无是处。"他若有所思地说,刮胡子的手停在半空,"他到底他妈的跟我说什么了?相当**迷人**的话题。是什么来着?……哦,对了。**对了**。他告诉我他小时候每个礼拜都会听我和弗兰妮的节目——你知道这个小杂种是怎么回事吗?他不惜贬低弗兰妮来吹捧**我**。唯一的目的就是讨好别人,再就是炫耀他那点常春藤名校的智商。"祖伊吐出舌头,做了个喝倒彩的鬼脸,声音略有节制。"呸,"他说,继续推他的刮胡刀,"呸,要我说,所有这些穿白球鞋、编辑校园文学杂志的大学男生。我宁愿跟一个诚实的骗子打交道。"

格拉斯太太盯着他的侧脸看了很久,带着一种奇怪的了解的眼神。"他是个大学还没毕业的男孩子。而你呢,就会让人紧张,年轻人。"她说——算是很心平气和了,"你要么就很喜欢一个人,要么就很讨厌。如果你喜欢一个人,你就会自己一个人说起来没完,谁也别想插一句话。要是你**不**喜欢谁——大多数时候——你就会坐在那里,跟死了一个样,然后就让那个人把地板说出个洞来。我见过你那个样子。"

祖伊转过身来,看着他的母亲。这一刻,他这样转过身来看着她,就像他所有的哥哥姐姐妹妹(尤其是他的哥哥们)在某年某月也曾经这样转过身来看着他们的母亲,不仅仅带着惊奇,因为在母亲日常的一大堆看似杂乱无章的偏见、老生常谈和废话之中突然冒出了一句真知灼见,无论是否只是片鳞半爪。带着敬意,带着情感,至少也带着感激。而且,说奇怪也不奇怪的是,每次当这样的"礼遇"出现时,格拉斯太太都会以一种迷人的姿态欣然接受。她会带着优雅和谦逊看着献给她这样一个眼神的儿子或者女儿。这会儿她正把这种优雅谦逊的神情展现给祖伊。"你就是这样的,"她说,声音里并没有责备,"你和巴蒂都不知道怎么跟自己不喜欢的人说话。"她又想了一下,"其实该说是不爱的人。"她纠正道。祖伊继续站着盯着她看,刮胡子的手也停了下来。"这是不对的,"她说——声音严肃而难过,"你越来越像巴蒂在你这个年纪时候的样子了。连你们的父亲都注意到了。如果你们不能在两分钟里喜欢上某个人,那么你们就永远不会喜欢他了。"格拉斯太太眼睛越过瓷砖地板看向蓝色的地垫,有点心不在焉。"你活在这个世界上不能带着这么强烈的喜和恶。"格拉斯太太对着地垫说,然后又转向祖伊,盯着他看了好一会儿,眼神中几乎没有带任何说教的意味。"不管你怎么想,年轻人。"她说。

祖伊怔怔地看着她,然后微笑了一下,转身去看镜子里的胡子。格拉斯太太看着他叹了口气。她弯下腰,在金属废纸篓的内壁上掐灭了烟。她几乎马上又点了一支,然后以尽可能尖锐的语气说:"无论如何,你**妹妹**说他是个棒小伙。那个赖恩。"

"那是被性冲昏了头,伙计,"祖伊说,"我认得出这样的声音。哦,我是真认得出!"他刮掉了脸上和脖子上的最后一点泡沫。他一只手挑剔地摸着脖子,然后拿起修面刷,又开始往脸上的关键部位涂剃须膏。"好吧,赖恩在电话里说什么了?"他问,"据赖恩观察,弗兰妮问题的症结在哪儿呢?"

格拉斯太太略微往前坐了坐,热心地说:"嗯,**赖恩说**都是跟——这整件事情——跟那本她一直带在身上的书有关。你知道的。昨天她一直在读的那本书,走到哪儿就带到哪儿——"

"我知道那本小书。接着说。"

"嗯,他说,赖恩说,那是本彻底的宗教书——宗教狂热之类的——她是从大学图书馆里借到的,现在她觉得可能她自己是——"格拉斯太太突然打住了。祖伊转过身来看着她,凶巴巴的一脸警觉。"怎么回事?"她问道。

"赖恩说她是从哪儿拿到的书?"

"图书馆里。大学的图书馆。怎么了?"

祖伊摇了摇头,又转身面向水槽。他放下修面刷,打开药柜。

"怎么回事?"格拉斯太太追问,"那是怎么回事呢?为什么这样一副表情,年轻人?"

祖伊没有回答,他打开了一包新的剃须刀片。然后,他一边拆剃须刀,一边说:"你真笨,贝茜。"他从剃须刀里卸下了刀片。

"我怎么笨了?顺便说一句,你昨天刚**换上**新刀片。"

祖伊面无表情地把新刀片装进了他的剃须刀,然后开始刮第二轮胡子。

"我问了你一个问题,年轻人。我怎么笨了?难道她**不是**从大学图书馆里借到那本书的吗,还是怎么说?"

"是的,她不是从图书馆借的,贝茜。"祖伊道,一面刮着胡子。"那本小书名叫《朝圣者继续前行》,是另一本名叫《朝圣者之路》的小书的续集。后一本她也是一天到晚捧在手里,**两本**都是她从西摩和巴蒂原来住的房间里找到的。我记得这两本书这些年来一直都放在西摩的

109

书桌上。全能的耶稣上帝啊。"

"那你也不用骂人啊!我以为她是从大学图书馆里借了带出来的,这有那么**可怕**吗——"

"是的!很可怕。两本书都在西摩该死的书桌上躺了**这么多年**了,这很可怕。很让人沮丧。"

出人意料地,格拉斯太太的声音变得毫无斗志。"那间屋子,我一般能不进去就不进去,你也知道的,"她道,"我不去看西摩的旧的——他的东西。"

祖伊立即说:"好啦,我很抱歉。"他没有看她,伸手从肩膀上拉下毛巾,一下擦掉了脸上所有剩余的泡沫,尽管他的第二轮修面还没有完全结束。"我们暂时先不说这个了吧。"他道,一面把毛巾扔向暖气片;毛巾落在瑞克-蒂娜剧本的封面上。他卸开剃须刀,放到冷水龙头下面。

祖伊的道歉是真心的,格拉斯太太心里很清楚,但是很明显她忍不住要利用这个机会,可能就是因为这样的机会太难得了。"你不厚道,"她说道,看着他清洗剃须刀,"你一点都不厚道,祖伊。你也不小了,就算自己心里不舒坦,也至少该努力表现出一点厚道。巴蒂,他至少,当他——"祖伊把剃须刀跟新换上的刀片一起砰的一声扔进了金属废纸篓里。格拉斯太太吓了一大跳,不由倒吸了一口气。

很可能祖伊并没有故意要把他的剃须刀扔进废纸篓,只是他的左手在向下一甩的时候太突然、太用力了,以至于剃须刀被甩了出去。无论如何,他肯定没有故意要让自己的手腕打在水槽边上。"巴蒂,巴蒂,**巴蒂**,"他说,"西摩,西摩,**西摩**。"他转过身面对着他的母亲。她倒并没有被剃须刀的动静吓到,只是感到惊奇和警觉。"我快被他们的名字烦死了,我都想割自己的喉管了。"他脸色苍白,但几乎面无表情。"这座该死的房子散发着鬼魂的腐臭味。一个真的死鬼缠着我也就算了,一个半死的鬼也要缠着我,我他妈真是受够了。但愿巴蒂早点下决心。西摩所做的其他的一切他都做了——至少他试着去做。那他妈的他干吗不杀了自己,一了百了?"

格拉斯太太眨了一下眼睛,就一下。祖伊立即就把视线从她脸上移开了。他弯下腰,伸手在废纸篓里找他的剃须刀。"我们是**怪胎**,我们俩,我和弗兰妮。"他宣布道,一面站了起来。"我是个二十五岁的怪胎,她是个二十岁的怪胎,而这都是那两个混蛋的责任。"他把剃须刀放在水槽边上,但剃须刀立即就滑进了水槽,发出很大的声响。他马上捡了起来,用力紧紧握在手里。"弗兰妮出现症状的年龄比我稍晚些,不过她也是个怪胎,这点你记住了。我向你发誓,我可以眼皮不眨一下就把他们俩都结果了。伟大的导师们。伟大的解放者们。我的上帝。我甚至连坐下来跟谁吃顿饭,像模像样地聊个天都不行了。我要么就是无聊透顶,要么就是没完没了地说教,那个狗娘养的但凡还算是个正常人就会拿他的椅子砸我脑袋。"他突然打开了药柜。他呆呆地盯着里面看了几秒钟,就好像忘了自己为什么要开药柜,然后把那把还没擦干的剃须刀放在了某格它原来的位置上。

格拉斯太太一动不动地坐着,两个手指间的烟已经烧得差不多了。她看着祖伊盖上修面膏的盖子。他一时对不准盖口。

"我知道没人对这个感兴趣,反正直到今天我还是这个样子,我没法坐下来跟别人**吃顿饭**,除非我先默念一遍'四大誓言'。而且弗兰妮肯定也一样,你跟我打什么赌都行。他们俩给我们俩灌输了那么些该死的——"

"四大什么?"格拉斯太太小心翼翼地插嘴道。

祖伊两只手放在水槽的两边,胸口略微向前倾,眼睛看着眼前的搪瓷盆。尽管他身材瘦小,但是那一刻他看上去是要把水槽按到地板里去,而且也似乎完全有这个能力。"'四大**誓言**',"他道,然后带着憎恶闭上眼睛,"'众生芸芸,我誓必救之;欲念熊熊,我誓必灭之;达磨至深,我誓必知之;佛理至极,我誓必得之。'没错,就这些。我知道我能行。算我一个,教练。"他的眼睛始终闭着。"我的上帝,自从十岁起我就每日三餐这样念叨一遍,日日如此。只有念完我才**吃得下饭**。有一次我跟勒萨日吃中饭时想不念一次试试。结果我被一个该死的樱桃核噎到了。"他睁开眼睛,皱了皱眉,但是仍然保持着那个特殊的姿势。"现在出去一下怎么样,贝茜?"他道,"我是说真的。请你让我一个人完成我的洗礼。"他再次闭上眼睛,看上去他又做好了准备,要把水槽按到地板里去。尽管他的头只是微微低着,但他的脸颊还是充血得厉害。

"你要是结了婚该多好啊。"格拉斯太太突然怅怅地说。

格拉斯家的人——尤其是祖伊——对于格拉斯太太的这种前言不搭后语都再熟悉不过了。尤其是像刚才那样的突发状况，往往进行到一半就会被她文不对题地打断，且每次都让人叫绝。然而这次祖伊还是大吃了一惊。他不由从鼻子里发出一声怪响，也不知是笑还是哭。格拉斯太太立即担心地向前探身，弄明白了是笑，或多或少吧，她才放心地坐回去。"嗯，我可是说**真的**。"她不依不饶地说，"你干吗**不结婚**呢？"

祖伊的身体放松了下来，他从后面裤袋里掏出一块折起来的棉手帕，甩开，然后用来擤鼻子，一次，两次，三次。他收起手帕，说："我太喜欢坐火车了。结了婚你就再没有机会坐靠窗的位置了。"

"这算什么理由！"

"这是个充分的理由。贝茜，快出去。让我一个人在这儿待会儿。你干吗不去坐一次电梯玩玩呢？顺便说一句，你要是再不把这该死的烟掐了，就要烧到手了。"

格拉斯太太又在废纸篓的内壁上掐灭了烟。然后她安静地坐了一小会儿，没有再摸香烟和火柴。她看着祖伊拿过一把梳子重新分头发。"你可以去**理个发**了，年轻人,"她说道,"你看起来越来越像那些匈牙利疯子了,或者刚从游泳池里出来的什么东西。"

祖伊不动声色地笑了一下,又梳了一会儿头发,然后突然一转身。他对着他的母亲晃了晃梳子。"还有一件事。我一会儿该忘了。贝茜,现在,**听我说**。"他说,"昨晚你说什么要给菲利·拜恩斯的该死的心理医生打电话,叫他来看弗兰妮,如果你再这么想,我就拜托你一件事——就一件事。你想想西摩做的那些心理分析吧。"他顿了顿,以示强调,"听到了吗?行吗?"

格拉斯太太立即下意识地理了理发网,然后拿出香烟和火柴,但她只是拿在手里。"我告诉你吧,"她说,"我没说过要给菲利·拜恩斯的心理医生打电话,我说的是我有这么一个**想法**。**首先**,他不是一个普通的心理医生。他碰巧是一个**相当**虔诚的**天主教**心理医生,而且我觉得这**可能**比坐在这儿,眼看着那孩子——"

"贝茜,我郑重警告你,他妈的。哪怕他是个虔诚的佛教徒兽医我也不在乎。如果你打电话给什么——"

"你没必要这么挖苦人,年轻人。菲利·拜恩斯还是个**小男孩**的时候我就认识他了。你父亲和我同他父母演一张**节目**单演了有**年头**了。我还知道那孩子看了心理医生后完全**变了个样**,现在非常**可爱**。我聊天来着,和他的——"

祖伊把梳子扔进了药柜,然后不耐烦地把门拍上。"哦,你太笨了,贝茜,"他道,"菲利·**拜恩斯**。菲利·拜恩斯是个**四十多岁**、一身臭汗、可怜的阳痿男人,他长年累月枕着一串念珠和一本《综艺》杂志睡觉。我们说的是两回事,完全牛头不对马嘴。现在,听我说,贝茜。"祖伊转过身,正对着他母亲,一只手的手掌撑着搪瓷水槽,好像怕自己摔着。"你在听我说吗?"

格拉斯太太先点了一支烟,这才打起精神。然后,她吐出一口烟,做了个拂拭大腿上的烟丝的动作,这才闷闷不乐地说:"我在听呢。"

"好吧。我现在是**很严肃**的。如果你——听我说。如果你做不到,或者不愿意去想想西摩,那你就直接打电话随便叫一个傻瓜心理医生吧。去叫就是了。叫个有经验的心理医生,知道怎么让病人喜欢上电视节目,订阅每个礼拜三的《生活》杂志,去欧洲旅行,关心氢弹,关心总统选举,关心《泰晤士报》的头版,关心西湾及蚝湾镇家长老师协会的职责,还有上帝知道所有那些美妙正常的事情——你**打电话**就是了,而我呢,我可以发誓,不用一年弗兰妮要么进疯人院,要么就在某个该死的沙漠里游荡,手里握着燃烧的十字架。"

格拉斯太太又做了个掸烟丝的动作。"好吧,好吧——别这么**别扭**,"她说道,"看在老天的分上。谁也没打电话给谁。"

祖伊猛地拉开药柜门,盯着里面看了一会儿,然后拿出一把指甲锉,又关上门。他拿起放在毛玻璃架上的香烟,吸了一口,但是烟已经灭了。他的母亲说"给你",一面递给他自己那只超大号烟盒和火柴盒。

祖伊从烟盒里抽出一支烟,衔在嘴里,擦了一根火柴,但是由于太过心事重重,香烟怎么也点不着。于是他吹灭了火柴,把香烟从嘴里拿了出来。他轻轻地、不耐烦地摇了摇头。"我不知道,"他说,"我想总有个什么地方**肯定**藏着一个会对弗兰妮有用的心理医生——我昨晚考虑过这个问题。"他轻轻做了个鬼脸。"但是我碰巧一个也不认识。一个对弗兰妮有用的心理医生非得是一个非常特别的人不可。我不知道。首先他就一定得相信,他是因为上帝的仁慈才获得学习心理分析的灵感。他得相信,是因为上帝的仁慈,他才没在获得营业执照之前被一辆该死的卡车轧死。他得相信,是因为上帝的仁慈,他才天生拥有可以帮助他该死的病人的智力。会这样想的**好**心理医生我一个都不认识。但这是唯一一种有可能对弗兰妮有点帮助的心理医生。如果她遇到一个特别弗洛伊德的,或者特别兼收并蓄的,或者就是特别普通的家伙——甚至对自己拥有的洞见力和智力丝毫也不心存感激——那么她做完心理分析之后结果会比西摩更糟糕。想到这些,我就担心得**要命**。如果你不介意的话,我们别再说这件事了。"他慢悠悠地点上了烟。然后,他一面吐出一口烟,一面把香烟放在毛玻璃架上,在那支已经灭了的香烟旁边,身体的姿势也随之稍微放松了一点。他开始用指甲锉清洁指甲——他的指甲已经非常干净了。"如果你不烦我的话,"他稍顿片刻后说,"我可以告诉你弗兰妮身上的那两本书是讲什么的。你有兴趣吗,还是没有? 如果你没兴趣,我不觉得——"

"**是的**,我有兴趣的! 我**当然**有兴趣! 你以为我怎么——"

"好吧,那么你暂时先别烦我。"祖伊说,一面把腰靠在水槽边上。他继续用指甲锉。"两本书都是讲一个俄国农民,时间是大约世纪初的时候。"他说,他的声音向来都不带感情,这会儿已经很有点讲故事的架子了。"他是个非常简单、非常善良的小个子,一只手臂萎缩了。当然,对弗兰妮来说这样的一个人就非常自然,弗兰妮的心是豆腐做的。"祖伊原地转过身去,从毛玻璃架上拿起香烟,吸了一口,又接着锉他的指甲。"一开始,这个小农民告诉你,他有一个妻子和一个农场。但是他有个疯子弟弟,一把火把农场给烧了——后来,我想,他的妻子死了。不管怎么样吧,反正他就开始了他的朝圣之旅。然后他就碰到了一个问题。他一辈子一直在读《圣经》,他就想知道《帖撒罗尼迦书》里说的'不住祷告'是什么意思。这句话始终困扰着他。"祖伊又拿起烟吸了一口,然后说:"《提摩太书》里也有一句,意思相近——'我愿人随处祷告'。事实上耶稣本人是这样说的,'要人常常祷告,不可灰心'。"祖伊一言不发地锉了一会儿指甲,脸上一副阴郁的表情。"反正他就开始了寻找导师的朝圣之旅,"他说,"这个导师要能教给他**如何**不住祷告以及**为**

什么要不住祷告。他走啊,走啊,走啊,从一个教堂到另一个神殿,跟这个神父谈完再和那个神父谈。直到最后他遇到了一个老僧,显然这个老僧知道到底是怎么回事。他告诉农民,上帝接受以及'想望'的祷告词是耶稣祷告词——'我主耶稣基督,怜悯我'。事实上,完整的祷告词是'我主耶稣基督,怜悯我,一个可怜的罪人'。不过这两本朝圣者的书里出现的宗教人士——感谢**上帝**——倒没有一个强调'可怜的罪人'。反正这个老僧就向他解释如果不停地念这句祷告词会怎么样。老僧还带着他练习了几次,然后就送他回家了。然后——长话短说吧——过了一段时间之后这个朝圣者已经念得非常熟练了。他完全掌握了祷告词。对于自己新的精神生活,他非常满意,然后他开始徒步穿越俄罗斯——穿过重重森林,踏遍村落小镇,等等——边走边念他的祷告词,并且告诉遇到的每个人该怎么念这句祷告词。"祖伊抬头看着他母亲,态度有些粗暴。"你在听吗?你这个又胖又老的德鲁伊[6]?"他问道,"你光会盯着我的大脸看是吧?"

格拉斯太太气咻咻地说:"我当然在听!"

"好吧——我可不想要一个大煞风景的听众。"祖伊捧腹大笑了一阵,又吸了一口烟。他两个手指夹着香烟继续锉指甲。"两本小书中的第一本《朝圣者之路》,"他说道,"主要是讲这个朝圣者一路上的经历。他遇到了什么人,对他们说了些什么,他们又对他说了些什么——顺便说一句,他遇到了一些极好的人。续集《朝圣者继续前行》是一部对话录,主要在讨论这段耶稣祷告词的来龙去脉。朝圣的人,一个教授、一个僧人,还有一个隐士一类的人物,都聚在一起说个没完。其实就是这么回事,真的。"祖伊抬头很快地看了母亲一眼,然后把指甲锉换到左手。"如果你想知道的话,这**两本**小书的目的,"他说,"都是所谓要唤醒每一个人,让他们意识到不停地念耶稣祷告词的需要以及**益处**。先是在一个导师的指导之下——有点像基督教的古鲁——接着,等到这个人掌握到了一定的程度,他就得独自继续祷告下去。关键是并非只有那些虔诚的混蛋,或者捶胸顿足的家伙才适合念这个祷告。你可能在忙着抢劫济贫募捐箱,但是你也要一边抢一边祷告。顿悟会**随着**祷告出现,而不是在祷告之前出现。"祖伊皱起了眉头,一副学究的模样。"祷告词总有一天会自动地从嘴唇和脑袋转移到心灵深处,变成人本身的一部分，完全同心跳合拍，就是这样，真的。接着，一段时间之后，一旦祷告可以随着心脏的跳动自动进行，这个人就会进入所谓的事物的真实状态。这两本书倒没有提到，不过用东方人的话来说，身体里有七个最敏感的中心，叫作七轮，与心脏最近的那个中心叫作心轮，据说极其敏感，极其强大，心轮一旦被启动，它就会启动另一个中心，在眉毛之间，叫作眉间轮，就是松果体，真的，也可能是围绕松果体的一种气——接着，嘿，神秘主义者们称之为'第三只眼'的东西就打开了。看在上帝的分上，这不是什么新鲜玩意儿。我是说，这种祷告方式不是从那个小朝圣者和他身边的人们开始的。在印度人们一直称之为亚帕姆，天知道已经流传多久了。亚帕姆就是重复上帝在人间的任何一个名字。或者他的肉身的名字——他的化身，确切地说。如果你一直呼唤这个名字，从心底不停地呼唤，那么你迟早会得到一个回答，就是这么回事。也不能说是**回答**。是**回应**。"祖伊突然一转身，打开药柜，把指甲锉放回去，又拿起一把看起来异常粗壮的橙木棒。"有谁在吃我的橙木棒吗？"他问。他用手腕飞快地抹去上嘴唇上的汗珠，然后开始用橙木棒剔指甲根部的角质层。

格拉斯太太深吸了一口烟,看着祖伊,然后架起一条腿,询问:"那么弗兰妮也是在做这些事喽?我是说这就是她一直在忙活的事情吗?"

"我猜是吧。别问我,问**她**去。"

没有回应,一阵令人狐疑的安静。然后,格拉斯太太突然鼓起勇气发问道:"要这样祷告多久才行?"

祖伊乐得整个脸都亮了。他转过身去。"多久?"他说,"哦,不用多久。祷告到油漆工去你房间前就行了。然后就会看到圣人和菩萨排着长队走进来,手里都捧着盛满鸡汤的大碗。约翰堂唱诗班会在你背后开唱,然后镜头推向一个缠着腰布的慈眉善目的老绅士,他身后是高山蓝天,白云朵朵,每个人的脸上都浮现出平和的神气——"

"得了,**别**胡扯了。"格拉斯太太说。

"哦,上帝。我不过就是想帮你忙。发发慈悲吧。我不想你到时候觉得宗教信仰会有什么——你知道——任何的不方便。我是说很多人有宗教信仰不是因为信了之后要做这个做那个,坚持到底——你知道我的意思。"很显然，演说者志得意满，即将进入演讲的高潮部分。他严肃地向母亲晃了晃手中的橙木棒。"我们出了这个教堂之后，我要给你一本我一直颇为仰慕的小书，希望你能接受。我认为这本书恰恰触及了我们今天早晨谈论的一些话题。《上帝是我的爱好》，作者霍默·文森特·克劳德·皮尔森博士。在这本书里我想你会读到，皮尔森博士清楚地告诉我们，他是如何从二十一岁开始每天挤出一点时间——早晨两分钟，晚上两分钟，如果我没记错的话——**第一年末**，就是因为这些对上帝的非正式拜访，他的年收入增加了百分之七十四。这书我多出一本，如果你真的可以——"

"哦，你真是无可救药。"格拉斯太太道。不过语气有点淡淡的。她的眼睛又在追寻她的老朋友，房间那头的那块蓝色的地垫。她坐在那里，眼睛盯着地垫，与此同时，祖伊——一面微笑，一面上嘴唇不停地出汗——继续使用他的橙木棒。过了一会儿，格拉斯太太又以她独特的方式重重叹了一口气，重新把注意力转移到儿子身上，此时祖伊已经原地半转过身，对着早晨的阳光，一面还在剔指甲根部的角质层。他没穿衣服，后背比一般人宽，线条分明,注视着儿子的后背,格拉斯太太的目光渐渐不那么游离不定了。事实上,几秒钟的时间里,她的眼睛看上去已经抛弃了所有阴暗和沉重的东西,露出影迷俱乐部成员才会有的欣赏的神情。"你现在后背多宽、多可爱呀,"她大声道,一面伸手去摸祖伊的腰,"我还担心你那样发疯似的练杠铃会——"

"**别这样**,行吗?"祖伊尖声道,人往后缩。

"别**怎么样**?"

祖伊拉开药柜门,把橙木棒放回原位。"就是别这样。别欣赏我该死的后背。"他说道,关上了柜门。他拿起挂在毛巾架上的一双黑色丝袜子,走到暖气片边上。他坐在暖气片上,也不管上面很热——或者恰恰是因为它很热——然后开始穿袜子。

格拉斯太太半晌才哼了一声。"别欣赏你的后背——说得可真好!"她说。但是她受了侮辱,而且有一点伤心。她看着祖伊穿袜子,表情混合着受伤和不由自主的好奇,毕竟多少年来袜子洗干净之后,她总要检查一下有没有磨破的地方。接着,她蓦地发出一声响亮的长叹,一面站起身来,出于尽忠职守的考虑,她闷闷不乐地走到祖伊刚刚腾出来的水槽区。她的第一项自我牺牲的苦差事是打开冷水龙头。"我真希望你能学会用完东西就把盖子盖上去。"她故意用吹毛求疵的语气说。

祖伊正坐在暖气片上给袜子绑上橡皮筋,他抬头望着格拉斯太太。"我真希望你能学会晚会结束就他妈的走人,"他说,"我这会儿是说真的,贝茜。我想一个人待在这里,大概一分钟的时间——尽管这听起来可能很**没礼貌**。首先,我有急事。我两点半要赶到勒萨日的办公室,我**还想**先在市区办点别的事。我们出去吧,现在——你介意吗?"

格拉斯太太放下手里的活儿,转身看着祖伊,然后问了一个问题。这么多年来,她总能用这一类问题让她的每个孩子顿时感到心烦意乱:"你走前会吃点**中饭**,对吗?"

"我会在市区吃一口的……我他妈的另一只鞋呢?"

格拉斯太太意味深长地瞪着他。"你走前到底会不会跟你妹妹说两句话?"她追问道。

"我不**知道**,贝茜,"祖伊犹豫片刻后答道,"请你别再问我这个问题了。如果今天早晨我有什么特别重要的话跟她非讲不可,我自然会去找她。别再问我了。"他穿着一只鞋,系好了鞋带,另一只还没找到。突然,他双手和膝盖着地,一只手在暖气片下面来回地摸索。"哈,在这儿呢,你这个小混蛋。"他说。暖气片旁边有一个浴室用的磅秤,他一屁股坐了上去,手里拿着那只失踪的鞋子。

格拉斯太太看着祖伊穿上鞋。不过她没有等到他系完鞋带。她走出了房间。但是走得很慢。她的步子带着一种难以描述的沉重感——其实是拖着步子——祖伊感觉到了。他抬头看着她,神情很专注。"你们这些孩子到底是怎么了,我是真的什么都不知道了。"格拉斯太太淡淡地说,没有回头。她在一根毛巾架旁边停下来,把一块毛巾拉拉直。"以前,你们上电台的那些日子,你们都还小,那时候你们都那么——又聪明又开心——真是**可爱**啊。早晨,中午,晚上。"她弯腰在瓷砖地板上捡起了什么,看上去像是一根长头发,泛着神秘的棕色。她捏着头发绕了个小圈走到水槽边上,说:"我不知道懂那么多、聪明得跟什么似的却一点都不快乐,到底有什么好。"她背对着祖伊往门口走去。"至少,"她说,"你们以前互相那么要好,看着也开心呀。"她打开门,摇着头。"就是开心。"她肯定地说,走出去,关上了门。

祖伊看着关上的门,深深吸了口气,又慢慢吐出来。"瞧你这退场白,伙计!"他在她背后叫道——只是他能肯定,这时格拉斯太太已经走到门廊,肯定听不到他说什么了。

格拉斯家的客厅完全不像一间正准备上油漆的房间。弗兰妮·格拉斯躺在沙发上睡着了,盖着一条阿富汗毛毯;沿墙铺的地毯还没收起来,四个边都没卷过;还有家具——看上去客厅倒像个堆家具的小仓库——都在老位置,安放得错落有致。即使以曼哈顿公寓房的标准来看,这个房间也不算很大,但是不断添置的家具如果放在瓦尔哈拉殿堂[7]的宴会大厅里,倒是可以为之平添几分舒适的感觉。有一架斯坦威牌大钢琴(琴盖永远都是打开的),三台收音机(一台一九二七年新生牌,一台一九三二年斯乔姆卡尔森牌,一台一九四一年RCA牌),一台二十一寸的电视机,四台桌式留声机(包括一台一九二〇年的维克多牌唱机,扬声器还完好无缺地立在机身上),数不清的各式茶几,一张标准尺寸的乒乓桌(还好已经折叠起来，堆在钢琴后面），四把舒适的椅子，一个十二加仑的热带鱼缸（按最大容量装满水，亮着两个四十瓦的灯泡），一把双人座椅，那张躺着弗兰妮的沙发，两个空鸟笼，一张樱桃木的书桌，还有各种各样的落地灯、台灯以及像漆树一样的"桥"灯，布满拥挤的房间。靠三面墙摆着三个连在一起的及腰高的书橱，架子上塞满了书，因为太重，木板都被压弯了——少儿书、教科书、二手书、书友俱乐部的书，还有更多种类繁多的书，都是从这套公寓非公用的"附属地带"搬出来的。（《吸血鬼》边上是《巴利语入门》，《索姆河畔的童子军》边上放着《韵律之击》，《圣甲虫谋杀》和《白痴》在一起，《神探南希》在《恐惧与战栗》的上面。）即便有一组勇气超人的油漆工排除万难克服了书橱这个大难题，书橱背后的墙壁也足以让任何一个还有点自尊心的油漆工上交自己的工会会员证。从书橱到离天花板不到一英尺的墙面上——从露出的部分可以看到墙面凹凸不平，颜色是韦奇伍德陶瓷蓝——几乎挂满了各式大概都可以称作"悬饰"的东西，一堆配着镜框的相片、私人或者官方的已经发黄的信件、铜质和银质的奖章，还有横七竖八、林林总总的奖状以及形状大小各异的纪念奖杯,所有这些东西几乎都是在证明这样一个令人肃然起敬的事实:从一九二七年到一九四三年年底之前,一个名为《智慧之童》的广播节目,几乎每次播出都至少会邀请一个格拉斯家的孩子(很多时候是两个)做嘉宾。(三十六岁的巴蒂·格拉斯是这个节目健在的最年长的前嘉宾,他时不时地会提起他父母客厅里的墙壁,称之为献给美国商业化童年及早熟青春期的一曲赞歌。他常常表示自己住在乡下,回家的次数有限,对此深感遗憾,并意味深长地指出,他的弟弟妹妹们大多仍然住在纽约附近是多么幸运。)墙壁的装饰事实上是孩子们的父亲,莱斯·格拉斯先生一手设计和布置的(格拉斯太太给予了精神上的全面支持,但从未做出正式的许可),他曾经是一位世界级的杂耍演员,而且毫无疑问打心底里欣赏留恋纽约萨迪戏剧饭店的墙面装饰。格拉斯先生作为一个装饰设计师,最有灵感的成功作品位于沙发后面的墙壁上,就是小弗兰妮正睡在上面的那张沙发。七大本报纸杂志剪贴簿被直接钉在墙上,彼此紧紧地一个挨着一个。年复一年,七本剪贴簿随时准备着供人仔细研读,从亲朋好友到一般的访客,也许还包括那个古怪的临时清洁女工。

刚好值得提一句的是,这天一大早格拉斯太太已经替即将到来的油漆工们做了两件事,算是表了个态。客厅有两扇门,一扇通向门廊,一扇通向饭厅,两个入口处都装了镶玻璃的双扇门。吃过早饭后,格拉斯太太把门上的丝绸布帘拆了下来。之后在弗兰妮假装喝鸡汤的时候,格拉斯太太瞅准时机,像只老山羊一样灵活地爬上窗台,把三扇框格窗上厚重的大马士革窗帘全都拆了下来。

房间只有朝南的一排窗户。窗外的街对面是一所四层楼高的私立女子学校——这幢楼外形结实,普普通通,一般都很安静,但一到下午三点半就会热闹起来,那时位于第三和第二大道上的公共学校的孩子放学了,都跑来大楼的石头阶梯上玩抛石子和街头棒球。格拉斯家住在五楼,比学校大楼高一层,此时阳光洒满学校的屋顶,也透过格拉斯家没有窗帘的窗户洒进房间。房间里的旧家具记载着回忆和留恋,早已满目疮痍,而房间本身也曾经是无数次棒球和橄榄球比赛(攻守兼备)的赛场。没有一件家具能找到一条完好无损的腿。有些家具在一人高的位置也伤痕累累,都是空中飞行物造成的——豆子袋、棒球、弹子、钢钥匙、皂制橡皮,甚至有一次是一个无头的瓷娃娃,家里人都清楚记得那是一九三〇年代早期发生的事。太阳光对地毯的照射是最无情的。地毯的颜色最早是波尔多葡萄酒的红色——在灯光下看也还依稀可辨——但现在地毯上到处是胰腺形状的斑块,几乎都是家里的各种宠物留下的最不浪漫的纪念。此时,太阳正直射进房间,一直晒到电视机上,无情地照着这只独眼怪物一眨不眨的大眼睛。

格拉斯太太站在放日用织品的大橱前,灵感突现,在沙发上铺上粉红色的细棉被单,给她最小的孩子当床睡,再给她盖上一条淡蓝色的阿富汗羊绒毛毯。这会儿弗兰妮脸朝着沙发的靠背和墙壁,向左侧睡着,身边放着几个抱枕,下巴搁在一个抱枕上。她的右手伸在外面,放在毯子上,但不是轻轻合着,而是攥成拳头;手指紧紧并拢,握住大拇指——就好像二十岁的她又回到了婴儿时代那种无声的、用拳头保护自己的方式。还要说一句的是,太阳对房间其余的部分都那么无情,唯独在沙发这一块儿表现出无限柔情。阳光浸润了弗兰妮乌黑的头发,发型剪得很漂亮,常常一天要洗三次。事实上,阿富汗毛毯整个浸润在阳光里,温暖的光线织进淡蓝色的羊毛,真是幅迷人的画面。

祖伊几乎是从浴室直接走到沙发边上的,他嘴里叼着一支点燃的雪茄,先是忙着把衬衫下摆塞进裤子里,接着系袖口上的纽扣,然后就只是站在那里看着。他边抽雪茄边皱着眉头,仿佛眼前耀目的光线效果是某位舞台导演"设计"出来的,而对这位导演的品位他多少有些怀疑。以祖伊的年龄、身材和精致的五官——穿上衣服的他完全可以冒充年轻纤瘦的舞蹈演员——他抽雪茄倒也没让人感觉突兀。原因之一是他的鼻子不算太短。此外,祖伊抽雪茄跟一般年轻人的装模作样是两回事。从十六岁起他就抽雪茄,十八岁开始他每天要抽一打雪茄——多数是昂贵的古巴帕纳蒂拉斯雪茄。

紧挨着沙发摆着一张很长的长方形茶几,是佛蒙特大理石做的。祖伊突然走到茶几边上。他把一只烟灰缸、一个银质烟盒和一本《时尚芭莎》杂志挪到一边,然后直接坐在窄窄的大理石桌面上。他脸冲着弗兰妮的脑袋和肩膀,几乎就要贴上去了。他飞快地看了一眼那只放在蓝色阿富汗毛毯上的紧握着的手,然后,非常温柔地握住了弗兰妮的肩膀，一只手还拿着雪茄。"弗兰妮，"他说，"弗兰西丝。我们出去吧，伙计。别在这儿浪费一天中最好的光阴。……我们出去吧，伙计。"

弗兰妮猛地惊醒过来——她整个人跳了起来，就好像沙发给什么东西重重地撞了一下。她用一只手臂撑起身子，说："嗬呦。"早晨的阳光让她眯起眼睛。"怎么太阳这么晒？"她没有完全意识到祖伊就在身边。"怎么太阳这么晒？"她又说了一遍。

祖伊在仔细地观察她。"我走到哪里就把阳光洒向哪里，伙计。"他说。

弗兰妮盯住他看，眼睛仍然眯着。"你干吗叫醒我？"她问道。她还睡眼惺忪，声音听起来不是真的烦躁，但是她显然觉得多少受到了不公正的待遇。

"嗯……是这样的。我和安塞莫修士刚被任命到一个新的教区。在拉布拉多，你看。我们不知道在离开前能否得到您给我们的祝福……"

"嗬呦！"弗兰妮又说，把手放到头顶上。她的头发剪得很短很时髦，睡觉起来倒也没乱。发型是中分，对旁人来说是最养眼的分法。"哦，我从没做过这么可怕的梦。"她说道。她稍稍坐了起来,一只手扣住睡袍的翻领。这是一件定做的领带绸睡袍,米色,上面带有好看的小碎花,是粉色香水月季。

"说下去,"祖伊说,抽了一口雪茄,"我来给你解梦。"

她浑身一阵战栗。"太可怕了。太多**蜘蛛**了。我一辈子也没做过有这么多蜘蛛的梦。"

"蜘蛛,嗯?很有趣。意味深长啊。几年前我在苏黎世碰到一件有趣的事——有个年轻人就像你一样,事实上——"

"先别说话,不然我会忘记的。"弗兰妮说。她两眼发光,所有回忆噩梦的人都一个样。她有黑眼圈,还有各种迹象透露出她是个深陷烦恼的年轻女孩,尽管如此,还是一眼就能看出她是个一等一的美人胚子。她皮肤细腻,五官柔和,感觉与众不同。她眼睛的颜色也蓝得让人窒息,几乎跟祖伊一模一样,但是两个眼睛分得更开些,妹妹的眼睛毫无疑问就该这样——而且它不像祖伊的眼睛那样深不见底,要花一天的工夫才能真正看进去。大概四年前,弗兰妮站在毕业典礼的讲台上,冲着坐在底下的哥哥巴蒂咧嘴一笑,当时巴蒂很变态地对自己预言,弗兰妮十有八九会嫁给一个不停咳嗽的男人。也就是说,这样的预言就写在她的脸上。"哦,上帝,我记起来了!"她说,"真是毛骨悚然。我在一个**游泳池**里,一大堆人不停地要我潜水,去找池底的一听意大利咖啡。每次我一上来,他们就要我再下去。我哭了,我不停地跟每个人说:'**你们**也穿着游泳衣。你们为什么不自己也潜潜看呢?'但是他们都笑起来,说着一些恶毒的话,而我呢,又下去了。"她又浑身一阵战栗。"我寝室里的两个女生也在那里。史蒂芬妮·罗根,还有一个我几乎不**认识**的女孩——事实上是一个我一直很**同情**的女孩,因为她的名字太难听了。沙芒·舍蒙。她们两人都拿着一支大桨,每次我一浮出水面就要把我**打**下去。"弗兰妮飞快地伸手捂了一下眼睛。"嘀呦!"她摇了摇头。她想了一会儿。"这个梦里唯一说得**通**的一个人是图普教授。我是说他是唯一一个我**知道**的确实厌恶我的人。"

"厌恶你,嗯?非常有趣。"祖伊嘴里衔着雪茄。他捏住雪茄把它慢慢地转了一圈,就像一个解梦的人还没有获得全部的信息。他看上去非常志得意满。"他为什么厌恶你?"他问道,"你要明白,如果你不能对我开诚布公的话,那我也束手——"

"他厌恶我是因为我选了他的宗教讨论课,在他魅力四射、牛津味十足的时候,我总是没法让自己也冲着他微笑。他好像是从牛津借调过来的吧,谁知道怎么回事,反正他就是个自以为是的、可怜的老骗子,一头羊毛似的乱七八糟的白头发。我觉得他是在上课前去厕所故意把头发弄乱的——我真是这样想的。他对于自己研究的课题根本没有热情。自我,他有。热情,他没有。本来这也没什么——我是说这不是什么有多**奇怪**的事情——但是他总像个白痴一样不停地暗示他自己是一个**实现了自我**的人,我们这些美国孩子能遇到他可真是幸福。"弗兰妮做了个鬼脸,"除了吹牛,唯一一件他做起来**兴致勃勃**的事,就是每当有人说这是梵语,他就纠正人家说这是巴利语。**他知道**我受不了他!他看不见我的时候我就做鬼脸,你要是看到就好了。"

"他在游泳池边上干吗?"

"问题就在这里!什么也没干!绝对什么也没干!他就是站在那里微笑,**看热闹**。他是一群人中最糟糕的一个。"

祖伊透过雪茄的烟幕看着她,不动声色地说:"你看起来糟透了。你知道吗?"

弗兰妮盯着他。"你本可以一早上坐在那里什么都不说的。"她说。她又刻意地加了一句,"别再这么一大早地又冲我来了,祖伊,拜托你了。我是说真的。"

"没人要冲你来,伙计,"祖伊说,还是不动声色,"你碰巧看起来糟透了,如此而已。你干吗不吃点东西?贝茜说她做了点鸡汤,她——"

"要是再有人跟我提鸡汤——"

然而祖伊已经转移了注意力。他正低头看着弗兰妮的小腿和脚踝的位置,全都裹在浸润了阳光的阿富汗毛毯里。"那是谁?"他说,"布卢姆伯格吗?"他伸出一个手指轻轻地戳了戳毛毯下面一个看起来像是活动的大疙瘩的东西。"布卢姆伯格?是你吗?"

疙瘩动了一下。弗兰妮也朝它看去。"我没法把他弄走,"她说,"他突然**疯狂地**恋上我了。"

在祖伊手指的试探性刺激下,布卢姆伯格突然伸长了身子,然后开始慢慢地沿着弗兰妮的大腿往上挪动。他那个不起眼的脑袋刚一探出毛毯,出现在阳光里,弗兰妮就托着他的肩膀下面把他抱了起来,跟他亲密地打起招呼。"**早上好,布卢姆伯格亲亲!**"她说,对着他的眼睛中间就是一通热吻。猫不耐烦地眨着眼睛。"早上好,大臭猫猫。早上好,早上好,早上好!"她吻了又吻,但是猫却丝毫没有表示亲昵的回应。他笨拙又粗鲁地想跨过弗兰妮的锁骨。他是一只相当大的灰色的花猫,已经被阉过的雄猫。"他跟我多亲呀!"弗兰妮啧啧道,"我还从没**见过他这么亲呢**。"她看着祖伊,可能是想从他那里得到进一步的证实,但是雪茄后面祖伊的表情完全是置身事外。"摸摸他,祖伊!他看起来多可爱呀。**摸他吧**。"

祖伊伸出一只手摸了摸布卢姆伯格弓起的背,一下,两下,然后不摸了。他从茶几上站起来,在房间里兜了个圈,走到钢琴旁边。巨大的黑色斯坦威牌钢琴侧对着沙发,琴盖大开,琴凳几乎就在弗兰妮边上。祖伊试探性地坐到琴凳上,然后饶有兴致地看着琴架上的乐谱。

"他浑身虱子,真不是闹着玩的。"弗兰妮道。她利索地抓住布卢姆伯格不放,想哄他乖乖地坐到自己的大腿上。"昨晚我在他身上捉到了十四只虱子。还只是他身体的一侧。"她重重地向下推了一把布卢姆伯格的屁股,然后回头去看祖伊。"你的剧本怎么样了?"她问道,"昨晚到底拿到了吗,还是怎么说的?"

祖伊没有回答她的问题。"我的上帝,"他说,仍然看着琴架上的乐谱,"这是谁拿出来的?"乐谱上的歌曲名字是《宝贝,你何必这么坏》。大概是四十年前的老歌。封面上复印了一张格拉斯夫妇俩的照片,黑乎乎的。格拉斯先生戴着大礼帽,身穿燕尾服,格拉斯太太也是一样的装扮。他们冲着镜头笑得很灿烂,两人都靠在晚会用的手杖上,两只脚分得很开。

"是什么?"弗兰妮问,"我看不见。"

"贝茜和莱斯。《宝贝,你何必这么坏》。"

"哦。"弗兰妮咯咯笑起来,"莱斯昨晚在怀旧。他是为了我。他以为我肚子疼。他把琴凳里的乐谱全都拿出来了。"

"我很想知道我们到底是怎么从《宝贝,你何必这么坏》一路走来,最后在这个该死的地方安营扎寨的。你倒给我说说看。"

"我说不出。我也试过的。"弗兰妮说,"剧本怎么样了? 拿到了吗? 你说那个谁——勒萨日先生,管他叫什么呢——会把剧本放在门房那边——"

"拿到了,拿到了,"祖伊说,"我不想说剧本的事。"他把雪茄含进嘴里,右手从高音部开始弹,是一首名叫《蜜熊》的流行歌,高八度音。众所周知,这首歌早在他出生前就不再流行了。"不仅拿到了剧本,"他说,"而且迪克·海斯昨晚大概一点的时候打电话来——就是**咱俩**小吵了一架之后——他让我去跟他喝一杯,这个混蛋。还是在圣瑞莫。他正在发现格林尼治村。万能的上帝!"

"别敲琴键,"弗兰妮说,眼睛看着他,"如果你要坐在那里,我就得当你的指导。这是我给你上的第一课。别敲琴键。"

"**首先**,他知道我不喝酒。其次,他知道我出生在纽约,如果有一件事是我不能忍受的,那就是氛围。第三,他知道我住的地方离格林尼治村隔了他妈的七十个街区。**第四**,我跟他说了三次我已经穿着睡衣和拖鞋了。"

"别敲琴键。"弗兰妮命令道,一面摸着布卢姆伯格。

"但是**不行**,他等不了了。他必须立刻见到我。非常重要。不是开玩笑的,就是现在。这辈子你就做**这一次**好人吧,叫辆出租车,这就过来。"

"你去了吗?也别砰的一声合上琴盖。那是我给你上的第二——"

"是的,我**当然**去了!我他妈意志力不够!"祖伊说。他合上琴盖,很不耐烦,但是没有砰的一声。"我的问题是,住在纽约的乡下人我一个都不相信。我不管他们在这儿已经住了多久了。他们忙着在第二大道上找一家亚美尼亚小饭店的时候,我总是担心他们会被车撞,或者被**暴打**一顿。或者其他什么倒霉事。"他阴郁地吐出一口长长的烟,烟从《宝贝,你何必这么坏》的乐谱上方飘过。"反正我还是到那儿去了,"他说,"老迪克就坐在那儿。无比阴沉,无比**忧郁**,一肚子没法等到今天下午宣布的重要消息。他坐在一张桌子前,穿着蓝牛仔裤和一件吓人的运动夹克。移居纽约的得梅因人。我真想掐死他,我发誓。这一晚上过的。我在那儿坐了两个小时,就听他讲我是个多么自以为了不起的混蛋,全家都是精神病人和变态神童。**然后**,他把我分析了一通之后——**还**分析了巴蒂,**还**分析了西摩,这两人他都从来没见过——然后他的脑袋短路了,不知道当晚剩下的时间该表现得像劲头十足的柯莱特,还是像脾气暴躁的托马斯·沃尔夫。

突然,他从桌子底下抽出一只印着他名字的押花字母的公文包,然后就把一个一小时长的新剧本塞到了我胳膊底下。"祖伊一只手临空挥了一下,好像不想再谈下去了。但是他从琴凳上站起来的时候那么焦躁,不可能是真的不想再谈这个话题了。他嘴里含着雪茄,两只手插在屁股兜里。"**这么些年**我一直都在听巴蒂对演员说三道四,"他说,"我的上帝,我要是说起那些我知道的作家,也能让他听个够。"他心不在焉地站了一会儿,然后开始漫无目的地走来走去。他停在一九二〇年的留声机前面,直直地盯着机器看,然后对着喇叭筒自娱自乐地喊了几嗓子。弗兰妮看着他咯咯地乐。但是他皱了皱眉头,又继续走来走去。他走到热带鱼缸前突然停了下来,鱼缸放在一九二七年新生牌收音机上面。他把雪茄从嘴巴里拿了出来,兴趣十足地朝鱼缸里瞅。"我的黑玛丽都要死光了。"他说,一面情不自禁地伸手去拿鱼缸边上的鱼食。

"贝茜今天早晨喂过它们了。"弗兰妮警告他。她还在抚摸布卢姆伯格,强迫他留在温暖的毛毯之外的这个微妙而险峻的世界里。

"它们看上去饿坏了。"祖伊道,但是伸向鱼食的手缩了回来。"这家伙看上去蔫蔫的。"他用指甲轻轻地敲鱼缸,"你应该来一点鸡汤,伙计。"

"祖伊,"弗兰妮说,想吸引他的注意力,"现在到底怎么样? 你有**两个**新剧本。勒萨日在出租车里给你的是个什么剧本?"

祖伊继续盯着鱼仔细看了一会儿。然后显然是出于一阵按捺不住的冲动,他突然四脚朝天躺到了地毯上。"勒萨日给我的那个剧本,"他一只脚架在另一只上,说,"让我在里面演一个瑞克·**查蒙斯**,我向上帝发誓,这就是一个一九二八年的室内情景喜剧,《弗伦奇戏剧索引》里肯定查得到。唯一不同的就是作者加了很多心理学的术语,剧本因而显得很时髦,什么情结、压抑机制、净化作用之类的,多半是作者从自己的心理医生那里听来的。"

弗兰妮看着祖伊,虽然从她坐的地方只能看到他的脚底和脚跟。"嗯,那么迪克的那个剧本呢?"她问道,"你读过了吗?"

"在迪克的剧本里,我可以演本尼,一个敏感、年轻的地铁保安,是你他妈的能读到的最生猛、最新奇的电视剧剧本。"

"你是说真的吗？真的很好吗？"

"我没说**好**，我说**生猛**。我们用词得精确，伙计。这部片子一旦完成，第二天早晨办公楼里所有的人都会四处走动，互相拍肩膀道贺，就跟狂欢节一样。勒萨日，海斯，庞姆洛，赞助商们。一群勇猛的家伙。就算现在还没开始，今天下午也该开始了。海斯会走进勒萨日的办公室，对他说：'勒萨日先生，头儿，我这边有一个新剧本，是关于一个敏感、年轻的地铁保安的，一打开剧本，勇气和正直的臭味就扑鼻而来。而且我知道，头儿，你喜欢充满勇气和正直的剧本，仅次于充满柔情和尖锐矛盾的剧本。这个剧本，头儿，正如我所言，二者皆备。是大熔炉，特别煽情。该暴力的地方有暴力。而且就在这个敏感的保安历尽艰辛，快顶不住了，就快对人类和这个渺小的民族失去信念的时候，他的一个九岁的侄女下课回到家，给他讲了564公主学校里代代流传的一些恰到好处的爱国主义哲学，还是安德鲁·杰克逊的乡下老婆传下来的。这个剧本不会错的，头儿！这个剧本有内容，简单，不真实，连我们那些贪婪、神经质的文盲赞助商都会喜欢的，因为这个剧本够亲昵，够无聊。'"祖伊突然坐了起来，"我刚泡了个澡,现在却像猪一样出汗。"他站了起来,一面飞快地看了弗兰妮一眼,就好像本来不该去看的一样。他刚想转头看别处,却又停了下来,反而更仔细地看起了弗兰妮。她正低着头,眼睛盯着大腿上的布卢姆伯格,还在一个劲儿地摸他。但是她整个人已经起了变化。"啊,"祖伊说,他走到沙发边上,一副存心找碴的样子,"夫人的嘴唇在嚅动。祈祷要开始了。"弗兰妮没有抬头。"你他妈的到底在干吗?"他问道,"受不了我对待流行艺术的非基督徒态度,要寻求庇护吗?"

弗兰妮抬起头来,又摇了摇头,眨着眼睛。她对着祖伊微笑。她的嘴唇刚才的确是在动,现在也正动着。

"别对我笑,拜托了。"祖伊说,语气很平淡,一面走到一边,"西摩总是那样对着我笑。这座该死的房子里微笑成灾。"他在一个书柜前用大拇指轻轻把一本摆放不齐的书推回原位,然后继续往前走。他走到房间里一扇位于正中的窗户前,那里有一把靠窗的椅子,前面摆了一张樱桃木的桌子,格拉斯太太总是坐在那里付账单,写信。他站着看向窗外,背对着弗兰妮,两只手又放进了屁股兜里,嘴里叼着雪茄。"你知道我这个夏天可能去法国拍片子吗?"他问道,有些烦躁,"我跟你说了吗?"

弗兰妮很感兴趣地看着他的背影。"没有,你没说!"她说,"你是说真的吗?什么片子?"

祖伊看着街对面铺着碎石的学校屋顶,说:"哦,说来话长。有个法国佬过来了,他听了我和菲利浦一起灌的音带。几个星期前我跟他吃了顿中饭。一个真正的二流子,但还挺可爱的。而且显然他眼下在法国那边很吃香。"他把一只脚架到靠窗的椅子上。"都还没说定呢——跟这些家伙没有说得定的事——不过那家伙被我哄得挺想把雷诺芒德的小说改编成电影的。就是我寄给你的那一本。"

"真棒!哦,这太让人**激动**了,祖伊。如果你去的话,会是什么时候呢?"

"**没什么**可激动的。问题就在这儿。我会做得很开心,没错。**上帝**,没错。但是我太讨厌离开纽约了。我还是告诉你吧,我讨厌任何一种所谓的富有创造性的人,他们不管什么船都会上。我才不管他们是出于什么原因。我**出生**在这里。我在这里**上学**。我在这里被车**撞**——**两次**,还是在同一条该死的**街**上。我在欧洲表演算什么,看在上帝的分上。"

弗兰妮若有所思地盯着祖伊白色细平布的后背。然而她的嘴唇仍然在默默地嚅动着。"那你为什么要去呢?"她问道,"既然你那么不想去。"

"我为什么**要去**?"祖伊说道,没有回头,"我去是因为我实在厌倦了早晨怒气冲冲地起床,晚上又怒气冲冲地上床。我去是因为我总是在评判每一个我认识的长了溃疡的、可怜的混蛋。**这事本身**倒也没什么好烦恼的。至少我评判的时候都是从冒号开始的,而且我也知道对于我做出的每一个评判我都是要付出代价的,这是迟早的事,什么样的方式都可能。关于这一点我倒不担心。但是还有些事情——上帝啊——那些跟我一起工作的人,我总是打击他们的士气,我自己实在看不下去了。我也说不上来我具体都干了些什么。我就是让每个人都觉得他不是真的想做好任何工作,他就是想把工作干完,然后让所有他认识的人都觉得他干得很好——包括评论家、赞助商、公众,甚至他孩子学校的老师。这就是我干的好事。这是我干的最坏的事。"他冲着学校屋顶的方向皱起了眉头;然后,他用手指尖在额头上揩去了一些汗水。突然,他转过身来面向弗兰妮,他听到弗兰妮说了什么。"什么?"他问,"我听不见。"

"没什么。我说'哦,上帝'。"

"为什么'哦,上帝'?"祖伊问道,声音很不耐烦。

"没——事。别冲我来,拜托了。我只是在想自己的事,没别的。我就是想你要是看到我星期六时的样子就好了。你还说什么破坏别人的士气!我绝对是把赖恩的一天搞得**一塌糊涂**。我不仅每一个小时就昏死过去一趟,而且还特意千里迢迢跑过去,就是为了一场温馨的、友好的、**正常的**、带鸡尾酒会的、应该是**开开心心**的橄榄球比赛,可是不管他说什么,我要么冲他发火,要么跟他拧着来,要么——我也不知道——反正就是被我给毁了。"弗兰妮摇摇头。她仍然在抚摸布卢姆伯格,但是有些心不在焉。她注意力的中心好像在钢琴上。"我就是一个想法都藏**不住**,"她说道,"真是可怕。几乎从我在车站见到他的第二秒钟开始,我就不停地找碴儿,找碴儿,找碴儿,他的观点,他的价值观,还有——一切的一切。真的是一切的一切。他写了一篇关于福楼拜的绝对无伤大雅的试验性质的论文,他自己**很骄傲**,也很想让我读一读,可是我偏偏觉得听起来特别英文系,又傲慢又学究气,于是我就——"她说不下去了。她又摇了摇头,祖伊仍然半转着身子朝着她的方向,这时他眯起眼睛看着弗兰妮。她看上去比刚醒来时更苍白了,更像是刚从手术间出来的。"他没开枪打死我真是个奇迹,"她道,"如果他真那么做了,我肯定会**祝贺**他的。"

"这些你昨晚已经跟我说过了。我不想今天早晨再来一点隔夜饭,伙计。"祖伊说道,然后继续看向窗外,"首先,你怨**事**怨人却不怨自己就是大错特错了。我们俩都一样。我刚才说电视的时候也是一个德行。但这是**错**的。问题在**我们**。我一直是这么跟你说的。你他妈怎么总是不开窍呢?"

"我他妈没不开窍,但你总是——"

"问题在**我们**,"祖伊重复道,把弗兰妮的声音压了下去,"我们是怪胎,就这么回事。那两个混蛋一早就把我们毁了,用怪胎的标准把我们全变成了怪胎,就这么回事。我们是带刺青的女人[8],下半辈子不可能有一分钟的安宁了,除非其他人也都刺上刺青。"他恨恨地伸手把雪茄放进嘴里,吸了一口,但是雪茄已经灭了。"更主要的是,"他立即道,"我们有《智慧之童》的情结。我们从来没有真的走出电波。一个都没有。我们从不说话,我们只发言。我们从不交谈,我们只阐述。至少**我**是这样的。我只要一跟谁在哪里坐下来,只要对方是长着两只耳朵的人类,我就要么变成一个该死的**预言家**,要么变成一枚人体别针。'讨厌鬼之王'。比如,**昨天晚上**。在圣瑞莫酒吧。我不停地**祈祷**海斯不会告诉我他新剧本的情节。我他妈知道他**有**一个新剧本。我他妈知道我不可能空手回家的,肯定得拿着剧本。但我仍然不停地祈祷他别给我先来一个口头预演。他又不笨。他**知道**我是不可能闭嘴的。"祖伊突然猛地一转身,从他母亲的写字桌上一把抓起一只火柴盒,他的脚并没有从椅子上拿下来。他转身又对着窗子和学校的屋顶,一面把雪茄放进嘴里——但是又立即拿了出来。"**去他妈的**,管他呢,"他说,"他真是笨得让人心都要碎了。他跟所有电视上的人都一样。好莱坞,百老汇,都一样。他认为所有感伤的东西都是**温柔**的,所有**野蛮**的东西都多少是**现实**主义的,所有跟暴力有关的东西都是正当的戏剧高潮,这甚至跟一些——"

"这些你都**告诉**他了吗?"

"我当然都告诉他了！我不是刚跟你说了吗，我就是闭不了嘴。我当然都告诉他了！我弄得他坐在那里就想死了算了。或者是我们中有一个死了算了——我还真希望死的那个是我。反正这就是真正的圣瑞莫之死。"祖伊把脚从椅子上放了下来。他转过身,看上去很紧张,带着愠怒,他拉出他母亲写字桌前的一把靠背椅,坐了上去。他重新点上雪茄,然后身子往前靠,两只手臂都放在樱桃木的桌面上,一副焦躁不安的样子。墨水池边上放着一个用作镇纸的小玩意儿,是他母亲的：一个搁在黑色塑料底座上的小玻璃球,里面有一个戴着烟囱帽的雪人。祖伊拿起玻璃球,摇了一下,然后就坐着看球里的雪片打转。

弗兰妮看着他,一只手遮在眼睛上面。祖伊正坐在房间里阳光最亮的一块地方。本来弗兰妮如果想继续看着祖伊的话,可以在沙发上换个位置,但是那样可能会打扰她大腿上的布卢姆伯格,猫咪看上去睡着了。"你真的有溃疡吗？"她突然问道,"妈说你长了一处溃疡。"

"是的,我长了一处溃疡,看在耶稣基督的分上。现在是末法时期[9],伙计,是铁器时代。十六岁以上的人只要没长溃疡的就都他妈是间谍。"他又摇了一下雪人,比上次摇得更猛些。"有趣的是,"他说,"我喜欢海斯。至少在他不强迫我接受他贫乏的艺术观的时候我喜欢他。至少在那个特别保守、特别正统、谁都战战兢兢的疯人院里,海斯照样打可怕的领结,穿可笑的带垫肩的西服。而且我也喜欢他的自大。他自大到了谦卑的程度,这个疯子。我是说他显然认为以他的假勇假谋,以他'不俗'的天资,只有干电视这一行才不算屈就——这是一种疯狂的谦卑,你要是真愿意仔细想想的话。"他盯着玻璃球,直到暴风雪慢慢平息下来。"在某种程度上,我也有点喜欢勒萨日。他的每样东西都是最好的——他的外套,他那辆两厢的小汽车,他儿子在哈佛的成绩,他的电动剃须刀,一切的一切。他有一次带我回去吃晚饭,在车道上停下来问我记不记得'已经去世的卡萝尔·朗巴德,电影里的那个'。他警告我说我见到他老婆会大吃一惊的,因为她简直跟卡萝尔·朗巴德长得一模一样。我想我大概会因为这件事到死都喜欢他的。我看到他老婆了,金发女人,憔悴,胸部发达,看上去像个波斯人。"祖伊蓦地回过头去看着弗兰妮,后者嘀咕了一句。"什么?"他问道。

"这就对了!"弗兰妮重复道——脸色苍白,但是满脸笑容,显然也是注定到死都会喜欢勒萨日先生。

祖伊默默地吸了一会儿雪茄烟。"迪克·海斯最让我**难受**的是,"他说道,"让我这么伤心,这么愤怒,这么——管他妈到底是什么感觉呢。反正海斯为勒萨日写的第一个剧本是不错的。几乎是**不错**的,事实上。这是我们拍摄的第一个剧本——我想你没看过,你还在念书吧。我在片子里演一个年轻的农夫,跟他父亲住在一起。这男孩有个想法就是他恨种地,他跟他父亲为了维持生计吃尽了苦头,所以父亲死了之后他就把牛都卖了,制订了宏伟的计划,准备去大城市讨生活。"祖伊又拿起雪人,但是没有摇它——只是在底座上转了一圈。"有几个地方写得相当不错,"他说,"我把这些奶牛都卖了之后,还总是跑去牧场找它们。我出发去大城市前跟我的女孩告别,一起走了一段路,我总是把她往空荡荡的牧场的方向带。我到了城里之后也有了份工作,业余时间都在牲畜饲养场附近转悠。最后在大城市的主干道上,在拥挤的交通中,有一辆车向左一转,变成了一头牛。我跟在它后面跑,交通灯正好跳了,我被撞了——轧得粉碎。"他摇了一下雪人。"这可能是剪脚指甲的时候能看的片子,但是至少我没有每次排演结束后就想**偷偷溜回家去**。这剧本够新鲜,而且至少是他的原创作品,而不是赶剧本潮流的老一套。我真希望他能回家去待会儿,充实一下自己。我真希望每个人都能回家去待会儿。我是所有人生活中的负担,我真是烦死了。上帝,你应该看到海斯和勒萨日聊一部新戏时候的样子。或者**任何新的东西**。他们跟猪一样开心,只要我不出现。我感觉自己就像西摩喜欢的庄子警告大家要躲着点的那些阴郁的王八蛋。'及至圣人,蹩躠为仁,踶跂为义,而天下始疑矣。'"他端坐着,看雪花飞舞。"有时候我想躺下来死了算了,那样也挺幸福的。"他说。

弗兰妮正盯着钢琴旁地毯上一小块已经褪色的地方,此时正晒在阳光里,她嘴唇很明显地嚅动着。"这可真是好玩,你想也想不到。"她说,她的声音里隐约有些微的颤动,祖伊朝她看去。弗兰妮没有涂口红,因而整个人更显苍白。"你说的每一句话都让我想起星期六我想跟赖恩说的每一句话,就是他开始挖苦我的时候。就是马提尼酒、蜗牛,吃喝正欢的时候。我不是说让我们烦躁的东西完全一模一样,但的确是同一类东西,我想,原因是一样的。至少听起来是这样。"布卢姆伯格站在她怀里,样子更像一只狗,而不是猫。他开始绕圈走,想找一个更舒适的睡觉姿势。弗兰妮像个引导者一样把双手轻轻放在他背上,虽然有些心不在焉,她继续开口说话。"事实上有一刻我真的对自己说,而且是大声地说,像个疯子一样,弗兰妮·格拉斯,如果我再听到你说一个挑剔的、吹毛求疵的、毫无建设性的字,我和你就彻底玩完——就是**完了**。于是有一段时间我还可以。有大概一个月的时间,不管谁什么时候说了任何听起来装腔作势的话,或者自我膨胀得不行的话,我都至少可以保持沉默。我去看电影,或者在图书馆一待几个小时,或者像疯了一样写关于复辟时期**喜剧**之类的论文——但是至少我不用听到自己的声音,这让我很**开心**。"她摇了摇头。"然后,一天早晨——嘭,嘭,我旧病复发了。不知怎么的我一晚上都睡不着,八点钟又有一堂法国文学课,所以最后我干脆起床,穿上衣服,喝了点咖啡,然后就绕着校园走。我本来是**想**好好骑骑我的自行车,但是我又怕到车棚取车时的动静把所有人都弄醒——每次都会**掉**点什么东西的——所以我就去了文科楼,然后就**坐着**。我坐呀,坐呀,最后我站起来,开始在黑板上写埃皮克提图的东西。我写了整整一黑板——我甚至自己都不知道我竟然**记得**那么多埃皮克提图的东西。我又擦了——感谢上帝! ——在别人进来前。但反正这件事很小儿科——埃皮克提图要是知道我这样做肯定会**恨**我的——但是……"弗兰妮犹豫了一下,"我不知道。我想我就是想看到黑板上有一些好人的名字。反正,我就这样旧病复发了。一整天我都在挑剔别人。我挑剔**弗伦**教授。我在电话里挑剔**赖恩**。我挑剔**图普**教授。越来越糟糕。我甚至开始挑剔我的同屋。哦,上帝,可怜的贝儿!我甚至开始注意到她看我的眼神都不对了,好像她希望我能决定搬出去,给某个算得上友好正常的人腾个位子,她也好清静些。真是可怕!最糟糕的是,我**知道**我自己有多讨厌,我**知道**我让别人沮丧,甚至是在伤害他们的**感情**——但是我就是**停不下来**!我就是没法停止挑剔。"她看上去十分心神不宁,停下来捋了一把布卢姆伯格的后腿,又接着说,"这是最糟糕的。实际上,我脑子里有这样一个念头——我没法甩掉这个念头——我觉得大学是这个世界上又一个**愚蠢**、**空洞**的地方,就是为了给自己积攒财宝在地上什么的[10]。我是说,财宝就是**财宝**,看在老天的分上。至于到底是钱,还是财产,甚至**文化**,或者就是普通的知识,又有什么区别呢?我以前就觉得这些全都没有区别,只要去掉包装——我现在也是这么觉得!有时候我觉得**知识**——为知识而知识的时候——是最最糟糕的。也必定是最不可原谅的。"弗兰妮有些紧张地用一只手向后捋了捋头发,虽然完全没有必要。"我觉得但凡我偶尔——**偶尔**就够了——能得到一丁点礼貌的**敷衍的**暗示,暗示我知识**应该引向智慧**,如果**不这样**,那么知识就是浪费时间,叫人恶心!但凡如此,我也不至于这么消沉了。但是从来没有过!你甚至从来没有在校园里听到过任何人**暗示**说知识的**目的应该**是智慧。你甚至都很少听到有人提起'智慧'这个词!你想听点好笑的事吗?你想听点真正好笑的事吗?我在大学将近四年了——我可句句是**真话**——我在大学将近四年了,我记得唯一一次**听到**'智者'这个词汇是在我大一的时候,在政治学课上!你知道怎么会说到这个词的吗?是说到一个傻瓜老政客在证券市场赚了一笔,然后去华盛顿当了罗斯福的顾问。**说真的**,都什么时候了!大学四年,差不多了!我也不是说谁都会那样,但是我就是会**难过**得要命,想想就不想活了。"她打住了,像是又开始专心致志于满足布卢姆伯格的需要。她的嘴唇这会儿比她的脸色多不了多少血色,而且隐隐有些皲裂。

祖伊的眼睛看着她,跟刚才一样。"我想问你点事,弗兰妮。"他突然说。他又转过身面对着写字桌,皱起眉头,推了雪人一下。"你觉得你的耶稣祷告词是怎么回事?"他问道,"我昨晚就想弄明白的。在你让我走开,别捣乱之前。你说到堆积财宝——钱、财产、文化、知识,等等等等。通过念耶稣祷告词——请让我先说完——通过念耶稣祷告词,你不也是在囤积某种财宝吗?这不是跟所有别的那些更物质的东西他妈的一样**存疑**吗?还是说因为这是祷告词所以就可以另当别论?我是说在这个世界上,对你来说,如果有人要囤积他的财宝,那么他囤积的位置——是这边还是那边,就会有不同的意义吗?比如是不是一个小偷能进去的地方,等等?这就是区别所在吗?**等一等**,就一会儿——等我先说完,拜托了。"他坐了几秒钟,看着玻璃球里的小风暴,然后说道:"你做这个祷告的方式有些地方让我**心惊肉跳**,如果你想听真话的话。你觉得我是要阻止你继续念这个祷告词。我不知道我是不是要那样——这个该死的话题有得说了——但是我**希望**你能说清楚你他妈的念这个祷告词的动机到底是什么。"他犹豫了片刻,但是没有给弗兰妮插话打断他的机会。"有一点简单的逻辑,我还想得明白,就是说一个贪婪于物质财富的人——甚至是知识财富——跟一个贪婪于精神财富的人没有什么区别。正如你所说,财富就是财富,去他妈的,在我看来历史上百分之九十愤世嫉俗的圣人基本上就跟我们其余的人一样贪得**无厌**,一样面目可憎。"

弗兰妮声音微微发颤,尽力使语气冷淡,说:"我现在可以打断了吗,祖伊?"

祖伊放下雪人,又拿起一支铅笔玩起来。"可以,可以。打断吧。"他说。

"你说的我都**知道**。你说的没有一句我自己没想过的。你说我想从耶稣祷告词里**获得**什么——那么我也就是贪得无厌,用你的话来说,真的,就和一个想要一件貂皮**大衣**,或者想**出名**,或者想到处享受**特权**的人没什么两样。这些我都知道！天哪,你把我当成一个什么样的白痴了？"她的声音抖得几乎说不下去了。

"好吧,放松些,放松些。"

"我**没法**放松！你真让我发疯！你以为我在这个该死的房间里干吗——疯了一样地掉肉,让贝茜和莱斯担心得要命,让整个家不得安宁,是吗？你难道认为我傻到连祈祷的动机都不去**考虑**吗？这恰恰是**困扰**我的症结所在。我对于自己想要的东西的确很挑剔——这一次我想要的是**启迪**,或者心灵的**宁静**,而不是钱、**特权**、**名利**或者其他这类东西——但这并不意味着我就不会以自我为中心,不会寻找自我,我跟所有人都一样。我甚至有过之而无不及！我不需要撒迦利亚·格拉斯来告诉我这一切！"声音戛然而止,然后她又开始专注于服侍布卢姆伯格了。即便尚未泪花盈盈,那也是迟早的事了。

在写字桌那一边,祖伊正紧握铅笔涂抹着一个小记事本上的广告词里的字母"O"。他这样忙活了一会儿,然后把铅笔轻轻抛进墨水瓶。他拿起雪茄,刚才被他搁在铜烟灰缸的口上。雪茄只有两英寸长了,但还在燃着。

他深深吸了一口，仿佛这是一个无氧世界里的某个呼吸机。接着，他几乎是强迫自己又向弗兰妮看去。"你希望我今晚帮你接通巴蒂的电话吗？"他问道，"我觉得你应该跟人聊聊——**我**这方面不在行。"他紧紧地盯着她，等着回答。"弗兰妮。怎么样？"

弗兰妮的头低着。她看起来像是在布卢姆伯格身上找虱子，她的手指正忙着把一丛丛毛翻来捋去。事实上她正在哭，只是以非常私密的方式；有泪水，没有声音。祖伊看着她足足有一分钟，然后说："弗兰妮。怎么样？要我给巴蒂打电话吗？"不能说他很温柔，但也没有胡搅蛮缠的意思。

她摇摇头，没有抬头。她继续找虱子。然后，过了一会儿，她还是回答了祖伊的问题，虽然声音几乎听不见。

"什么？"祖伊问道。

弗兰妮又说了一遍。"我想跟西摩说话。"她道。

祖伊继续盯着她看了一会儿，他的脸上完全没有表情——除了他那非常像爱尔兰人的长长的上嘴唇上那一行细细的汗珠。接着，他蓦地转过身去，又开始涂抹字母"O"。但是他几乎马上就放下了笔。他从写字桌边站了起来——很慢地,对他而言——然后,握着他的雪茄屁股,他又回到一只脚架在椅子上的姿势。比他个子高些、腿长些的人——比如他的任何一个哥哥——都可能更轻易地把脚伸直架起来。但是祖伊的脚一旦架起来,就会给人在做舞蹈动作的印象。

从五楼的窗口看出去,街的对面,正上演着精彩绝伦的一幕,不受作家、导演和制片人干扰的一幕。祖伊的注意力先是一点点地,然后是直勾勾地被吸引了过去。私立女子学校的门前有一棵枫树,不高也不矮——街道那一边是幸运的,这样的树有四五棵——一个七八岁的孩子,是女孩,正躲在这棵树后面。她围一条海军蓝的长围巾,戴一顶红色的苏格兰帽子,这红色跟梵·高在埃勒斯的房间里的那床毯子几乎是一个颜色。从祖伊的有利位置看过去,她的帽子看起来的确像是一抹油画的色彩。离这孩子大概十五英尺的地方,她的狗——一只小腊肠犬,戴一根绿色的皮质颈圈加链条——正嗅着鼻子找小女孩,链条拖在身后头。分离的焦灼几乎让小狗无法忍受了,当他最后找到小主人的气味时,已经是急不可耐。面对重逢,女孩和小狗一样欣喜若狂。腊肠犬轻轻吠了一声,然后身子朝前缩作一团,因为狂喜而微微颤抖着。他的小主人对他喊了一句什么,然后就飞快地踏过绕着枫树一圈的保护绳缆,一下子抱起了小狗。她说了一堆夸奖小狗的话,用的是他们俩做游戏时的暗语,然后把他放下来,拾起链条,他们开开心心地朝第五大道和公园的方向走去,走出了祖伊的视线。祖伊条件反射般地把手放到玻璃之间的横格上,就好像他要拉起窗探出身去目送他们离开。但碰巧是拿着雪茄的那只手,他稍犹豫了一下,已经错过时机了。他又吸了一口雪茄。"他妈的,"他说,"这世界上还是有美妙的东西——我是说**美妙**的东西。我们都是白痴,才会这样钻牛角尖。不管是什么狗屁事,我们总是,总是,总是忘不了我们那点叫人作呕的、微不足道的自我。"弗兰妮在他身后破罐子破摔地擤起了鼻涕;人们不太会期待一个这样精致美妙的器官发出如此大的动静。祖伊转身,稍带点嫌弃地看着她。

弗兰妮忙活着收拾一大堆纸巾,一面看着祖伊。"好吧,我很**抱歉**,"她说,"擤擤鼻涕都不行吗?"

"你擤完了吗?"

"**是的**,我擤完了! 我的天哪,什么样的一家子嘛。

擤擤**鼻涕**都会有生命危险。"

祖伊又转身面向窗户。他飞快地吸了一口烟,视线跟着学校大楼上一块一块的混凝土墙面。"几年前,巴蒂跟我说过一些还算有道理的话,"他道,"如果我还记得起来的话。"他犹豫了一会儿。弗兰妮虽然还在忙着收拾纸巾,眼睛却已看向祖伊。当祖伊表现出努力回忆什么的时候,他的犹豫总让他的哥哥姐姐妹妹们兴致盎然,甚至使他们感觉很有趣味。他的犹豫几乎总是伪装的。大多数时候无疑是他幼年时做《智慧之童》节目留下的后遗症,那时候他可以几乎一字不差地随时引用任何他曾经读到过的东西,甚至只是听到过的东西,但他从不炫耀这种强到近乎荒唐的记忆力,相反,他培养了一种皱眉头的习惯,看起来像是在拖延时间,就跟做节目的其他孩子一样。这会儿他就这样皱着眉头,但是他说话的速度比一般情况下要快些,就好像他察觉到老搭档弗兰妮已经看穿了他的小把戏。"他说一个人躺在山脚,喉咙被割开,慢慢流血等死,这时如果有个迷人的女孩或者老妇人走过,头顶上稳稳地顶着一只美丽的水罐,那么这个人就应该用一只手把自己撑起来,目送水罐安全地越过山顶。"他又暗自琢磨了一会儿,然后轻轻哼了一声。"我倒想看他那么做,这个混蛋。"他吸了一口雪茄。"这家人个个都有他自己的该死的一套宗教信仰。"他评论道,语气却格外平静。"沃特是个积极分子。沃特和波波是这个家里最热衷于宗教哲学的两个。"他说得自己想乐,但又不想这时候发乐,于是吸了一口雪茄。"沃特有一次跟维克说,这个家里的每个人肯定都**他妈**在前几世里积下了无数的业数。他有一个理论,我是说沃特,他说虔信者的生活,以及随之而来的所有痛苦,都是上帝在反击那些有胆量指责他创造了一个丑陋的世界的人。"

沙发那边传来听众的窃笑。"这些话我从没听到过呢,"弗兰妮说,"波波的宗教哲学是什么?我觉得她没有什么宗教哲学。"

祖伊没有说话,片刻之后他说:"波波吗?她相信是亚什先生创造了世界。她是从基尔瓦特的'日志'知道的。有人问基尔瓦特教区的孩子们是谁创造了世界,其中一个孩子回答:'是亚什先生。'"

弗兰妮乐了,还乐出很大的动静。祖伊转身看向她,而且——真是个难以捉摸的年轻人——脸拉得老长,就好像他突然闪身避开了所有形式的轻浮调侃。他把脚从椅子上放了下来,把雪茄屁股放在写字桌上的烟灰缸里,然后从窗边走开。他慢慢地穿过房间,双手插在屁股兜里,但是心里很清楚自己的方向。"我他妈该走了。我约了人吃中饭。"他说,然后突然蹲下身以主人的姿态很随意地检查了一下鱼缸的内部。他用指甲不耐烦地敲着鱼缸。"我走开五分钟,所有人就都由着我的黑玛丽一条条死掉。我本该带它们去学校的。我就**知道**会这样。"

"哦,祖伊。你都这么说了五年了。你干吗不去买几条新的来呢?"

他继续敲鱼缸。"你们这些小不点大学生都一个样。心硬得像钉子。这些可不是什么一般的黑玛丽,伙计。我跟它们要好得很。"一边说着,他一边又躺到了地毯上,他瘦小的身躯刚好卡在一九三二年的斯乔姆卡尔森牌台式收音机和一个堆得满满的槭木做的书报架中间。弗兰妮又只能看见他鞋子的底和后跟了。然而他刚一躺下就又直挺挺地坐了起来,他的脑袋和肩膀突然露了出来,简直像一具尸体突然从衣橱里掉出来,有点惊悚喜剧的效果。"还在祈祷吧,嗯?"他说。然后他又掉下去不见了。他安静了一会儿。然后,他用浓得几乎很难听懂的梅费尔口音[1]道:"蒙您不弃,我尚有一言相告,格拉斯小姐。"沙发那边没有任何反应,一片不祥的静寂。"如果你想念祷告词那就念吧,或者继续跟布卢姆伯格玩,或者使劲抽烟,但是让我说五分钟,别打断我,伙计。而且,如果可能的话,**别掉一滴眼泪**。好吗?你听到了吗?"

弗兰妮没有直接回答。她把毛毯下的两条腿抱到胸前,又把正在睡觉的布卢姆伯格跟自己挨得更近些。"我听到了。"她说,把腿抱得更紧了,如同城堡在围城开始之前收起吊桥。她犹豫了片刻,然后又说道:"你想说什么都行,只要你别骂人。我今天早上就是不想再经受什么考验了。我是说真的。"

"没有考验,没有考验,伙计。还有,如果有一件事是我从来不做的,那就是骂人。"演说者的双手友好地合在胸前。"哦,有时候稍微有点**尖刻**,是的,当情况允许的时候。骂人,从来不会。我个人以为你抓到的苍蝇都比——"

"我是**说真的**,祖伊。"弗兰妮说,好像是在对着他的鞋子说话。"而且顺便说一句,我希望你能坐起来。我觉得很**搞笑**的是,好像每次家里出什么大乱子了,起因总是在你现在躺着的那个地方,而你也总是在那里的那个人。快点。拜托你坐起来。"

祖伊闭上了眼睛。"幸运的是,我知道你不是认真的。内心深处不是这个意思。在我们的内心深处,我们俩都知道,这座闹鬼的该死的房子里唯一一片圣洁的土地就在这里。这里**碰巧**是我以前养兔子的地方。我的兔子们是**圣人**,它们俩都是。事实上,它们是唯一两只立誓不结婚的兔子——"

"哦,闭嘴!"弗兰妮不安地说,"**开始**吧,如果你想说的话。我全部的要求就是你至少能试着**圆融**一些,我这会儿就是这个感觉——就这么简单。你毫无疑问是我这辈子认识的最不圆融的人。"

"不圆融!**从不**。直率,是的。百折不挠,是的。精神抖擞。乐观,可能有点过头了。但是从来没有人——"

"我说的是不**圆融**!"弗兰妮的声音压倒了他。她火药味十足,但也在努力克制自己不笑出来。"什么时候你生趟病,然后去探望一下自己,你就会发现你自己有多么不圆融!谁要是感觉不舒服的时候,最不该见到的人就是你,你是我**这辈子**认识的最不可救药的人。甚至,如果有人只是**感冒**了,你知道你会怎么样吗?你每次看见他们都会恶狠狠地瞪一眼。你绝对是我认识的最没有**同情心**的人。就是你!"

"好吧,好吧,好吧。"祖伊道,他的眼睛仍然闭着。"人无完人,伙计。"接着他开始学他们母亲的腔调给弗兰妮几句忠告,他可以轻而易举地让自己的声音变柔、变尖细,而不需要换成不自然的假声。弗兰妮觉得他总能学得惟妙惟肖:"小姑娘,我们在**气头上**的时候会说很多话,不是**当真**的,第二天我们就会**后悔**了。"接着,他突然皱起眉头,张开眼睛,盯着天花板看了一会儿。"首先,"他说道,"我觉得,你觉得我有让你停止祈祷的企图。我没有。我没有这样的企图。依我所见,你大可以下半辈子就躺在那张沙发上背诵宪法序言,但是我**想**说明的是——"

"真是美丽的开场白。**美极了。**"

"什么?"

"哦,闭嘴。继续,**继续**。"

"我已经说了,我对于这样的祈祷毫无意见。不管你怎么想。你不是**第一个**想这样说的人,你知道。我曾经跑遍纽约的体育用品店,就想买一个合适的香客用的背包。我想在里面装点面包,然后他妈的开始周游全国。做祷告。传播道义。诸如此类。"祖伊犹豫片刻,"我提起这些,不是为了告诉你我曾经是个多么'感情用事的年轻人',就'和你一样'。"

"那么你**干吗**要提呢?"

"我干吗要提? 我提起这事是因为我有好些事要对你说,但是很有可能我没有资格对你说这些事。理由是我自己曾经有过这样祷告的强烈愿望,但是我没有实践。就我所知,我可能是对你的尝试有点嫉妒。事实上这是很有可能的。首先,我是个糟糕的演员。很有可能我非常讨厌别人来演马利亚[12],而我却要去演马大。谁又他妈知道呢?"

弗兰妮选择了沉默。但是她把布卢姆伯格拉进怀里,给了他一个奇怪的模棱两可的小拥抱。然后她往她哥哥的方向看去,说:"你像个小棕仙,你自己知道吗?"

"还是先别夸我了——你可能要后悔的。我还要跟你说,你这样祷告有哪些让我看不惯的地方。不管我够不够资格说。"说完这话祖伊目光空洞地盯着石灰天花板看了足有十秒钟,然后他又闭上了眼睛。"首先,"他说道,"我不喜欢你例行公事的方式。先别打断我。我知道你正处在精神危机中,等等等等。我没觉得你是**在作秀**——我不是那个意思。我也没觉得这是你潜意识中寻求**同情**的表现。或类似的说法。但是我还是要说我不喜欢。这让**贝茜**很难过,让**莱斯**很难过——而且可能你自己还不知道,你已经开始给人善男信女的感觉了。妈的,这世界上任何一种宗教的任何形式的祷告词都不能为善男信女开脱。我不是说你就是善男信女——所以你给我坐着别动——可是我**要**说,你这歇斯底里的一套实在太**他妈**难看了。"

"你说完了吗?"弗兰妮说,身子明显地向前倾着。她的声音又开始微微颤抖起来。

"行了,弗兰妮。别这样。你说过要听我说完的。最坏的话都已经说了,我想。我只是想告诉你——不是**想**,是正在告诉你——这对贝茜和莱斯不公平。对他们来说很**可怕**——而且你是知道的。你知道吗,他妈的,昨晚莱斯上床前老想着要拿个**橘子**给你。我的上帝。连贝茜都受不了这种橘子的故事。上帝知道**我**是受不了的。如果你要把你的精神危机继续下去,但愿你能回学校危机去。在那里你好歹就不是大家的宝贝了。而且在那里,上帝知道,谁也不会有给你拿橘子的冲动。而且你也不会把你那该死的**踢踏**舞鞋放在衣柜里。"

弗兰妮听到这句话时茫然若失地伸出手去拿大理石茶几上的纸巾,没有发出一点声音。

祖伊此时正心不在焉地盯着石灰天花板上一个很久以前的汽水印,那是他自己十九二十年前用喷水枪喷上去的。"第二件我非说不可的事,"他说道,"也不是什么好话。但是我就快说完了,所以尽量再忍耐一秒钟。让我**非常**反感的是你在大学里过的这种苦行僧般的生活,把自己当成殉道士一样——你自以为领导着一支不知天高地厚的小十字军,跟所有人为敌。我想说的意思不是你想象的意思,所以请先别**打断**我。我感觉你主要是在对高等教育系统开火。先别跳起来——对你的大部分想法我是赞同的。但是我讨厌你的地毯式轰炸。关于这个问题我同意你百分之九十八的看法。但是那另外的百分之二把我吓了个半死。我大学时有一个教授——就**一个**,这我得告诉你,但是他真的是个大教授——你说的那些话没有一句能用在他身上。他不是埃皮克提图。但是他也不是什么自大狂,不是什么翩翩君子。他是个伟大的谦虚的学者。更主要的是,我觉得我听他说过的每一句话,无论课堂内外,都包含着一点真正的智慧——有时候是很多的智慧。你开始你的革命时**他**会有什么样的遭遇呢?我都不忍心去想——我们别说这个该死的话题了。你高声念叨的其他那些家伙就是另一回事了。那个图普教授。还有昨晚你跟我说起的那两个傻瓜——曼留斯和另外一个家伙。**这类人**我也碰到过好几打,谁又没碰到过呢?而且我**同意**他们不是无害的。事实上,他们甚至是极端致命的。万能的上帝。凡是他们碰过的东西,都变得极其学术又毫无用处。甚或更糟糕——变成**邪教**。每年六月份由一大批痴男傻女组成的无知暴民手持毕业文凭在这个国家横冲直撞,我以为应该负起主要责任的就是他们这些人。"说到这里祖伊一面仍然看着天花板,一面边摇头边做了个怪脸。"但是我不喜欢的是——事实上我想西摩或者巴蒂也都不会喜欢的是——你说到这些人时的腔调。我是说你不仅仅鄙视这些人所代表的东西——你也鄙视这些人本身。这就是人身攻击了,弗兰妮。我是说真的。比如你说起这个图普的时候,你真的会有点目露凶光。比如说他进教室之前先去男厕所把自己的头发弄乱。所有这些。他可能是会那样做——这跟你告诉我的他的其他那些事情很合拍。我没说他不会那样做。但是他拿自己的头发怎么样,**这不关你的事**,伙计。在某种程度上,如果你觉得他的做作有点可笑,那倒没什么。或者你觉得他那么没自信,非要他妈的给自己倒饬一下,你有点同情他。但是当**你跟我说这件事的时候**——我不是开玩笑——你说的样子就他妈好像你跟他的头发有什么深仇大恨。这就**有什么了**——而且你也知道的。如果你要向这个体系宣战,那也该像个体面、聪明的女孩那样去开火——开火是因为敌人就在**那边**,而不是因为你不喜欢他的发型或者他那条该死的领带。"

半晌没有人开口说话,最后是弗兰妮擤鼻子的声音打破了沉默——不管不顾的,带着拖音,鼻子塞住了,听得出这个病人感冒有四天了。

"这就跟我该死的溃疡一样。你知道我是怎么得溃疡的吗？或者说至少十分之九的原因是什么吗？因为当我不用脑子的时候，我就会冲着电视和其他一些东西来劲。跟你简直一模一样，可是我年纪比你大，本应该更懂事些。"祖伊停了下来。他的眼睛盯着汽水印，打鼻孔里深深地吸了一口气。他的十指仍然交错着扣在胸前。"我最后要说的一点，"他突然说道，"可能会让你炸起来。但是我忍不住一定要说。这也是最重要的一点。"他看上去像是请教了一下石灰天花板，然后闭上眼睛。"我不知道你还记不记得，但我是记得的，伙计，有一回你在这里宣布你叛弃《新约》，几英里之外都能听到你的声音。那时候其他人都在部队参军，只有我听得耳朵都起了茧。不过你还记得吗？你到底还记不记得这件事？"

"我那时才十岁！"弗兰妮说——鼻音很重，火药味也很重。

"我知道你当时多大。我很清楚你多大。行了，我提起这件事又不是为了奚落你——我的**上帝**。我是有很好的理由的。我提起这件事是因为我觉得你小时候并不理解耶稣,而且我觉得你现在也还是不理解耶稣。我觉得你的脑子里是把耶稣跟其他十七八个宗教人物搞混了,除非你先弄明白谁是谁,哪儿跟哪儿,否则我**不明白**你怎么可以继续你的耶稣祷告。你记不记得那次小小的叛弃是因何而起的?……弗兰妮?你是记得,还是不记得?"

没有回答。只有一个被擤得很粗暴的鼻子发出的声音。

"好吧,我是记得的,我碰巧记得。《马太福音》,第六章。我记得一清二楚,伙计。我正在我房间里往我该死的曲棍球球棒上贴绝缘胶布,然后你砰的一声撞进来了——大呼小叫的,手里是本敞开的《圣经》。你不喜欢耶稣了,你问能不能给部队里打电话,找西摩,告诉他。你知道你为什么不喜欢耶稣了吗?因为,**其一**,你不喜欢他闯进犹太教堂,掀翻桌子,推倒神像,大闹天宫。这太野蛮,太'多此一举'。你说所罗门或是谁肯定不会做出这样的事来。**另外**你反感的是——你打开《圣经》就是为了说明这一点——里面有这样几句话:'你们看那天上的飞鸟,也不种,也不收,也不积蓄在仓库里,你们的天父尚且养活它。'**这些话**没问题。很可爱。你没意见。但是,耶稣还没说完,'你们不比飞鸟贵重得多吗?'——**啊**,就是这句话让小弗兰妮不乐意了。小弗兰妮就是因为这句话义无反顾地抛弃了《圣经》,直奔佛祖,佛祖可不会歧视空中那些可爱的飞禽。所有那些我们过去养在河上的可爱的小鸡小鹅们。别再告诉我你只有十岁。你的年龄跟我说的东西毫无关系。十岁和二十岁之间没有什么大的**区别**——在这件事上,十岁和八十岁也都一样。你**仍然**没法像你自己希望的那样去爱耶稣,因为这个耶稣做过也说过这样一些事情,或者至少据说他是这样说了或者做了——这个你也知道。你的天性决定你不可能爱任何漫天扔桌子的上帝的儿子,也不可能**理解**他。上帝的儿子声称某个人,**任何人**——甚至一个图普教授——对上帝来说比任何一只弱小、无助的复活节的小鸡更珍贵,你的天性决定你不可能爱说这种话的人,不可能理解说这种话的人。"

弗兰妮这会儿身子挺得笔直,脸正对着祖伊声音的方向,一只手里紧攥着一团纸巾。布卢姆伯格已经不在她腿上了。"我猜**你可以**。"她说,声音尖厉。

"我可不可以无关要紧。不过,是的,事实上,我是可以。我不想多说什么,不过至少我从来没尝试把耶稣变成圣方济各,好让耶稣显得更'可爱'些,不管是有意还是无意——百分之九十八的基督徒一直都在坚持这么做。不是说这有什么值得夸耀的。只是我碰巧没觉得圣方济各这类人有什么吸引人的地方。但是**你觉得有**。而且我认为,这正是你会爆发目前这种小规模精神崩溃的原因之一。尤其是你选择在家里精神崩溃的原因。这地方就是听你差遣的。服务不错,有很多冷血、热血的跑堂鬼。还有比这更方便的吗?你可以在这里做你的祷告,把耶稣跟圣方济各、西摩,还有海蒂的爷爷全都捏成一团。"祖伊的声音顿了一下。"你难道没意识到吗?你难道没**意识到**你看待事物的方式有多混乱、多马虎吗?我的上帝,你身上丝毫没有劣等人的痕迹,然而你现在却深陷在这种三流的思想之中。不仅是你做祷告的方式属于三流的,而且,不管你知道也好,不知道也好,你的精神崩溃也属于三流的。我见过一些真正的精神崩溃,那些人不会费时间选择地点——"

"别说了,祖伊!**别说了!**"弗兰妮抽泣着说。

"我会停的,再给我一分钟,就一分钟。顺便问一句,你到底为什么会精神崩溃？我是说既然你有足够的精力让自己崩溃，为什么你就不能把这些精力投入到让自己健康起来的忙碌中呢？好吧，算我胡扯。我是在胡扯。但是，我的上帝，我生来就不够有耐心，你还非要考验我的耐心！你在大学校园里转了一圈，然后环顾了一下这个**世界**，还有**政治**，还有夏季轮演的**剧目**，再听一群笨蛋大学生扯了一通，然后你就得出一个结论，一切都是关于自我、自我、自我，作为一个女孩，唯一的明智之举就是躺下来，剃光脑袋，然后念耶稣祷告词，然后祈求上帝给你一点神秘经验，让你心神愉悦。"

弗兰妮尖叫起来："**你闭嘴行吗，求你了？**"

"还有一秒钟，就一秒钟。你总在说**自我**。我的上帝，什么是自我，什么不是自我，这得由基督他老人家自己才决定得了。这是**上帝**的宇宙，伙计，不是你的，到底什么是自我，由他说了算。你心爱的埃皮克提图怎么办？还有你心爱的艾米莉·**狄金森**怎么办？每次你的狄金森有了写诗的冲动，你都要她坐下来做祷告，直到她那点让人恶心的自我的冲动全部消失？**不会的**，你当然不会那样！但是你却想剥夺你的老朋友图普教授的自我。

这是两回事。也许的确是两回事。也许的确是。但是别到处随便叫嚷自我自我。我以为,如果你真想知道的话,这个世界上一半恶心事的始作俑者,就是那些没有使用自己真正的自我的人。以你的图普教授为例吧。照你说的来看,我敢打赌你所谓的他的自我,根本不是那么回事,而是其他一些什么更肮脏的官能,不是自我这么**基本**的东西。我的上帝,你在学校都这么久了,也该知道真相了吧。摸摸哪个不称职的教师的底——或者就是大学教授吧——你多半会发现,他本来能做个一流的汽车机修工或者一流的**石匠**。拿勒萨日来说吧——我的朋友,我的老板,我麦迪逊大道的玫瑰。你以为是他的自我让他进入电视界的?那才见鬼呢!他早**没有**自我了——就算他以前有过。他把自己的自我粉碎成了很多**嗜好**。就我所知,他至少有三个嗜好——而且每一个都和位于他家地下室里的一个价值一万美元的工作室有关,一屋子的权力工具和龌龊交易,上帝知道还有别的什么东西。真正在用自我的人,用真正的自我的人,是不会有**时间**培养任何嗜好的。"祖伊突然打住了。他仍然闭着眼睛躺着,手指紧紧交错着放在胸口,衬衫外面。但是这会儿他的脸正扭曲成痛苦钻心的表情——显然他是在责备自己。"**嗜好,**"他说,"我怎么说起**嗜好**来了?"他一声不响地躺了一会儿。

弗兰妮用缎子枕头尽量压住自己的抽泣声,那也是房间里唯一的动静。布卢姆伯格此刻坐在钢琴下面,在一圈太阳光的中间,正动作优雅地洗着脸。

"总是避轻就重,"祖伊有点一本正经地说道,"不管我说什么,听起来总像是要破坏你的耶稣祷告。可我**没有**,该死的。我**反对**的只是你为什么要祷告,怎么祷告,以及**在哪里祷告**。你若能说服我,我会很乐意——我会**很乐意**——希望你能说服我你不是在用祷告作借口,逃避你人生的该死的责任,或者干脆就是逃避日常的责任。然而更糟糕的是,**我搞不明白**——我向上帝发誓我搞不明白——你怎么能向一个你甚至都不能理解的耶稣祷告呢。而真正不可饶恕的是,要知道你被**灌输**的宗教哲学一点不比我少——可你却没有努力去理解耶稣,这是真正不可饶恕的。如果你是一个非常**简单**的人,和那个朝圣者一样,或者你是个该死的**绝望**的人,那还情有可原——但是你一点都不简单,伙计,而且你也没有绝望到那样的程度。"说到这里,祖伊自闭着眼睛躺下来之后,第一次抿起了嘴唇,顺便指出一下,就是他母亲习惯性抿嘴唇的那种风格。"万能的上帝,弗兰妮,"他道,"如果你要继续念耶稣祷告词,至少对着**耶稣**念,别对着圣方济各、西摩还有海蒂的爷爷一股脑地念。在你念的时候心里就想着**耶稣**,只有他,而且是他本来的样子,而不是你希望的他的样子。你不肯面对现实。不肯面对现实的态度,就是让你的脑子变成现在这样一锅粥的罪魁祸首,这样的态度也不可能帮你摆脱你的一锅粥。"

祖伊突然伸手盖住此时已经汗津津的脸,那样放了一会儿才挪开。然后再次双手交叉。他的声音重新响起来,语调流畅得几乎完美。"让我不解的是,让我百思不得其解的是,如果耶稣的模样、声音跟《新约》里描述的不一样,哪怕只有一丁点儿的出入,我搞不明白怎么还会有人——除非他是个孩子,或者天使,或者像那个朝圣者一样的幸运儿——愿意向他祷告。我的上帝!耶稣可是《圣经》里最聪明的人,就这么简单!他比谁不是绰绰有余?**谁能跟他比?**《新约》《旧约》里全都是圣贤、预言家、信徒、天之**骄子**、所罗门、以赛亚、大卫、保罗——但是,我的上帝,除了耶稣有谁真的知道结局是怎么回事?**没有人**。摩西也不能。别跟我提摩西。他是个不错的家伙,他跟他的上帝保持美好的联系,诸如此类——但是问题恰恰在这里。摩西必须得跟上帝保持联系。而耶稣则意识到上帝从来没有跟我们分开过。"说到这里祖伊拍了一下手——就一下,也很轻,而且很有可能本来不想拍的。几乎还没有拍完,他的手便再次交叉合在胸前。"哦,我的上帝,他的脑袋太厉害了!"他说,"彼拉多要耶稣做出解释,耶稣却一句话也没说,除了他还有谁做得到呢?所罗门做不到。所罗门不行。所罗门会来上几句精彩陈词。不知道苏格拉底做不做得到一言不发。克里托[13]或者别的什么人肯定会把苏格拉底拉到一边,录下几句金玉良言。但是最重要的是,总而言之,《圣经》中除了耶稣还有谁知道——天堂就在我们身边,在我们**心中**,我们他妈的又笨又多愁善感又这么没有想象力,所以才看不到天堂——还有谁**知道**呢?你得**是**上帝的儿子才能知道这些。你为什么不想想这些事情呢?**我说真的**,弗兰妮,我是认真的。如果你没有看清耶稣真正的面目,那么你也没有把握住耶稣祷告词的真正意义。如果你不理解耶稣,你也不可能理解他的祷告词——你根本没有获得祷告的真义,你念的就只是套话空话。耶稣是一个超级**高手**,他担负着一个极其重要的使命。他不像圣方济各那样有空编几首赞美诗,向**小鸟**布布道,诸如此类温柔之事,把弗兰妮·格拉斯的心融化了。我是认真的,他妈的。你怎么可能自己没意识到呢?如果上帝想要像圣方济各一样的好好先生来担负《新约》中的使命,那么上帝自然会选他。但是,上帝选择的人是他能找到的最好的,最聪明的,最有爱心的,最不矫揉造作的,最不屑于**模仿**的。如果你没看到这一点,我发誓,你就根本没明白耶稣的祷告词是怎么回事。耶稣祷告词有一个目的,**只有**一个目的。就是让念耶稣祷告词的人拥有'耶稣意识'。而**不是**帮你找一个舒适的、比你神圣的幽会地点,再找到一个黏糊可爱的神灵,一把抱住你,解除你所有的责任,让你的'厌世情绪'跟你的图普教授们一起消失,再也别回来。上帝,如果你有足够的智商理解这些道理的话——你**的确**有——然而你却拒绝去理解,那么你就是在滥用祷告,你是在利用祷告祈求一个只有洋娃娃和圣人,而没有图普教授的世界。"他突然坐了起来,倏地向前一探身,望着弗兰妮,动作带着健美操运动员的灵活。他的衬衫,用大家的话来说,湿得能绞出水来。"如果耶稣希望他的祷告词被用来——"

祖伊打住了。他看到弗兰妮扑在沙发上,脸冲下。他这才听到她正发出痛苦的呜咽声,虽然她在竭力地闷住自己的脸。刹那间祖伊的脸变得煞白——弗兰妮的状态让他心焦,大概因为房间里突然充盈着挫败感带来的那种让人反胃的气息。然而他的苍白是一种纯粹的白——不黄也不绿,有罪恶感或者追悔莫及时脸色通常会呈现黄绿色。祖伊的脸色是标准的没有血色,打个比方吧,有一个小男孩,他爱**所有**的动物,爱到发疯。他最喜欢的妹妹喜爱小兔子。有一次他抓到一条小眼镜蛇,他在小蛇的脖子上弯弯扭扭地系了一根红丝带,当作生日礼物送给妹妹。可是当他看到妹妹打开礼物时的表情——他的脸立即变得毫无血色,这就是祖伊现在的脸色。

他盯着弗兰妮足足看了一分钟,然后站起来,略微有点趔趄,这不太像他。他慢慢地走到房间的另一头,停在母亲的写字桌边上。很显然他到了那里才意识到不知道自己为什么要走过来。他看上去像是觉得桌面上的东西都很陌生——记事本上的字母"O"都被他填满了,烟灰缸里还有他的雪茄烟蒂——他又转身看向弗兰妮。弗兰妮的抽泣缓下来了,或者看上去是这样,但她的身体依然是那个可怜的脸朝下的伏卧姿势。她的一只手臂弯着,压在身体下面,就算谈不上痛苦,也肯定特别不舒服。祖伊把视线从她身上挪开,然后又挪到她身上,几乎说得上是勇敢之举。他用手心飞快地抹掉额头上的汗水,把手伸进口袋里去擦干,然后说:"对不起,弗兰妮。我非常抱歉。"但是听到他的正式道歉,弗兰妮反而哭得更凶、更响了。祖伊又愣愣地看了她十五、二十秒钟。然后他离开了房间,穿过门廊,关上了门。

客厅外面新油漆的味道挺重。门廊还没有漆过,但是硬木地板上铺满了报纸,祖伊迈出的第一步——迟疑不定、近乎诧异的一步——在某体育版的一张斯坦·姆希尔的照片上留下了他的橡胶鞋跟的印记,这位棒球明星正擎着一条十四英寸的鲑鱼。在他迈出第五、第六步的时候，差点就跟他母亲撞了个满怀，她正从自己的卧室里出来。"我以为你已经走了！"她说道。她正捧着两套洗干净、折叠好的床单。"我以为我听到前面——"她停了下来，仔细注意祖伊的样子。"**怎么回事？是汗吗？**"她问道。没等祖伊回答，她就一把抓住祖伊的胳膊，把他拉到亮的地方，是从她那间新漆的卧室里射出来的光线——几乎是把他甩过去的，就好像他轻得像根扫把一样。"**就是**汗。"她的语气充满震惊和埋怨，仿佛祖伊的毛孔这会儿往外冒的是石油而不是汗。"你究竟在干吗呀？你刚洗了**澡**。你在**干吗**呀？"

"我要迟到了，胖子。行了。一边去。"祖伊道。一个费城产的高脚五斗橱被搬在门廊里，加上格拉斯太太本人，一起拦住了祖伊的去路。"谁把这个怪物放在这儿的？"他说，瞟了一眼大橱。

"你怎么出汗出成这样？"格拉斯太太质问道，先是盯着他的衬衫，然后盯着他的人。"你跟弗兰妮谈过了吗？你刚才在哪儿呢？客厅里吗？"

"是的，**是的**，客厅里。顺带一提，如果我是你，我就会进去看一眼。她正在哭。反正我走的时候她是在哭。"他拍了拍母亲的肩,"行了。我说的是真的。别拦着——"

"她在哭?又哭了?为什么?发生了什么事?"

"我不知道,看在上帝的分上——我藏起了她的《小熊维尼》。得了,贝茜,站一边去,**拜托了**。我有急事。"

格拉斯太太侧身让开,眼睛仍然盯着他。随后,她立即往客厅走去,走得太急了,来不及回头,只喊了一声:"把衬衫换了,年轻人!"

就算祖伊听见了,他也没有任何表示。门廊的末端是他跟他的两个双胞胎哥哥曾经合住过的卧室,一九五五年的今天,已经是他一个人的了。他走了进去。但是他在自己的房间里待了不到两分钟。他出来的时候,还是穿着同一件衬衫。然而他看上去已经不一样了,虽然是很小的变化,却很明显。他拿了一支雪茄,点上了。也不知怎么,他的头上搭着一块白色的手绢,也许是遮雨,也许是遮冰雹,或者硫黄。

他径直穿过门廊,进了他两位大哥原来的房间。

这几乎是过去七年里祖伊第一次,借用戏剧性的老说法,"踏足"西摩和巴蒂的老房间。除了一次完全可

189

以忽略不计的意外事件,那是几年前,他跑遍了整座房子找他的网球球拍夹,不知道放在哪里了,也可能是被"偷"了。

他关上门,关严了,看到锁孔里没有钥匙,他流露出些许不满。进屋之后他几乎都没有正眼看一下房间。反而转过身去,刻意地对着一张牢牢钉在门背后的一度雪白的纤维木板。这张木板是个大家伙,几乎跟门一般大小。可以想见,这块雪白、光滑和宽阔的木板曾哀怨地呼唤墨汁和印刷体字母。如果是这样,它肯定没有白费劲。木板上几乎每一寸空间都写满了字,一共有四大栏名句引言,摘自各种世界名著,让人咋舌。字写得很小,但用的是乌黑的墨水,而且写得极其工整,只是标点有点花哨,没有墨水迹,也没有涂抹的痕迹。即便是木板的最下面,靠近门槛的地方,写字功夫也一样到家,这两个书法家显然是轮流趴在地上写的。没有人花功夫按引言的内容或者作者分门别类。所以从头到尾一栏一栏地念下去,感觉就像是在穿越洪水灾区的急救站,比如帕斯卡[14]被安排跟艾米莉·狄金森合睡一张病床,也没人觉得有伤风化;坎普滕的托马斯[15]和波德莱尔的牙刷肩并肩挂在一起。

祖伊紧挨着木板站着,从左手一栏最上面开始往下读。从他的表情,或者说从他的没有表情来看,他就像是站在火车站台上,为了消磨时间读着索尔博士的航天器支架广告。

> 你有工作的权利,但只是就工作本身而言。你无权获得工作的成果。绝不能把对获得工作成果的渴望作为你工作的动机。也绝不能偷懒。
>
> 无论做何事都要一心念着至高无上的主。唾弃对果实的依恋。宠辱不惊[书法家之一在这句下面画了线];盖因瑜伽便旨在不惊。
>
> 带着期待成果的焦灼而完成的工作,远远比不上在投入自我的宁静中完成的工作。在婆罗贺摩那里寻找庇护。为了结果而自私地工作的人是可悲的。
>
> ——《福者之歌》[16]

顺其自然。

——马克·奥勒留[17]

哦,蜗牛,爬上富士山去吧,

不过要慢慢来,慢慢来。

——小林一茶[18]

关于神,有一些人完全否认神性的存在;还有一些人说神性存在,但是他们中没有一个人为之振奋,抑或为之忧心,抑或有任何先见之明。第三类人赋予神性存在以先见之明,但仅限于伟大以及神圣的事物,而与人间的万事万物无关。第四类人承认神圣的事物,也承认人间的事物,但只是泛泛而谈,而且也不尊重个体。第五类人,其中有尤利西斯和苏格拉底,这些人喊道:

"没有您的旨意,我哪里也去不了!"

——埃皮克提图

在一列向东开的回程列车上,一个女人和一个男人,两个陌生人,当他们开始说话的时候,相互爱慕就开始了,高潮也即将出现。

"嗯,"克鲁特太太先开口了,"你觉得大峡谷怎么样?"

"一个山洞而已。"她的护花使者答道。

"这样说太好玩了!"克鲁特太太答道,"现在玩个什么游戏给我看看吧。"

——林·拉德纳[19](《短篇小说创作指南》)

上帝指导心灵,不是通过概念,而是通过痛苦和矛盾。

——高萨德神父[20]

"爸爸!"吉蒂尖声喊道,一面用双手捂住了他的嘴巴。

"嗯,我不会……"他道,"我非常,非常高兴……噢,我真是个傻瓜……"

他拥抱吉蒂,吻她的脸、她的手,又再次吻她的脸,然后在她胸前画了个十字。

列文看着吉蒂慢慢地温柔地亲吻她父亲强有力的手,他心里不由涌起一股对这个男人的新的爱意,在这之前列文对他所知太少了。

——《安娜·卡列尼娜》

"先生,我们应该教导民众,敬拜寺庙中的神像和画像都是错误的。"

罗摩克里希纳:"你们加尔哥达人就是这样:你们喜欢教导和布道。你们自己是乞丐却还想成千上万地施舍……你们以为上帝不知道人们是在敬拜他的形象和画像吗?如果敬拜者犯了错误,你们以为上帝会不知道此人的意图吗?"

——《罗摩克里希纳福音》[21]

不久前,一天半夜我一个人在一家几乎已经没人了的咖啡馆,遇见了一个熟人,他问我:"你难道不想跟我们一起吗?""不,我不想。"我说道。

——卡夫卡

与人在一起的幸福。

——卡夫卡

塞尔斯的圣弗朗西斯的祷告:"是的,天父!是的,且永远,是的!"

瑞岩彦和尚,每日自唤:"主人公!"
复自应:"诺!"
乃云:"惺惺着!"
"诺!"
"他时异日,莫受人瞒!"
"诺!诺!"

——《无门关》[22]

木板上的字极小,祖伊读到的最后一条不过是在这一栏上面五分之一的地方,他可以继续读上五分钟都不需要弯曲膝盖。他没有继续读下去。他蓦地转过身,走到他哥哥西摩的桌边,坐了下来——他拉出小靠背椅,一副习以为常的样子。他把雪茄放在桌子右手边上,烟头冲外,他身子往前,胳膊支在桌子上,然后用双手遮住了脸。

在他身后和左边是两扇装有窗帘的窗子,百叶窗拉了一半,外面是块空地——石头和水泥垒成的没有风景的地带,清洁女工和杂货店的伙计一整天风尘仆仆地来来往往。房间本身也许可以称作这套公寓中的第三大主卧室,以传统的曼哈顿住房标准来看,采光不好,而且也不大。格拉斯家最大的两个男孩西摩和巴蒂一九二九年搬进去,当时分别是十二岁和十岁,等到一个二十三、一个二十一的时候从这里搬了出去。大多数家具是槭木的:两张沙发床,一个床头柜,两张会撞膝盖的小孩用的写字桌,两个五斗橱,两把还算舒服的椅子。地板上有三块东方式的小地毯,已经破旧不堪。其余的,就都是书了,这样说一点也不夸张。等着被捡起来的书,已被永久性淘汰的书,还不知该做何处理的书。就是书,书,书。房间的三面墙摆着三个高高的书架,放的书都已经超负荷。书架上放不下的书就成堆地放在地板上。几乎没有落脚的地方,更没有踱步的可能。如果一个擅长在鸡尾酒会上绘声绘色地讲故事的人第一次进这房间,也许会说一眼看去,这里像是租给了两个奋发图强的十二岁的律师或者研究员。事实上,除非来人对现存的阅读资料做一个相当深入的调查,否则几乎没有任何迹象表明两位前房客已经达到选举年龄,房间的三维散发着的主要还是未成年人的气息。有一部电话机,这没错——就是那部颇受争议的私人电话——在巴蒂的书桌上。两张书桌上也都有被香烟烧焦的痕迹。但是其他更明显的成年人的东西——衬衫饰纽盒、装饰画、乱七八糟堆在五斗橱顶上最能说明问题的杂物——两个年轻人一九四〇年自己租了套公寓,"独立"出去时把这些东西一股脑都搬走了。

祖伊的脸埋在手里,头盔似的手绢耷拉在额头上,他就这样一动不动地坐在西摩的旧桌子前,并没有睡着,却足足坐了二十分钟。随后,他一下子同时撤走了支撑着脸的两只手,拿起雪茄,塞进嘴里,打开左手边最底下的一个抽屉,然后两只手一起,拿出一沓七八英寸厚的看上去像是——或者曾经是——硬质卡片的东西。他把卡片放在面前的桌子上,翻看起来,一次翻两三张。他的手只停了一次,而且很快又往下翻了。

他停下来读的那张卡片是一九三八年二月写的。蓝色铅笔的笔迹是他哥哥西摩的:

我的二十一岁生日。礼物,礼物,礼物。祖伊和

小宝宝,跟平常一样,去下百老汇买东西。他们给了我一袋很好的止痒粉和一盒臭弹,共三发。我打算等个好时机把它们扔在哥伦比亚的电梯里。

今晚有为我献上的各种节目。莱斯和贝茜在沙子上跳了一段精彩的踢踏舞,沙子是波波从剧院大堂的大瓮里偷来的。他们终于跳完之后,B.和波波模仿他们的样子,很滑稽。莱斯都快哭了。宝宝唱了首《阿卜杜,阿卜杜,埃米尔》。莱斯教Z.表演维尔·迈哈尼式的退场,结果他不偏不倚撞在书架上,**气坏了**。双胞胎模仿我跟B.以前演过的《巴克和巴巴斯》。简直绝了。棒极了。演到一半的时候,门房打电话进来,问是不是有人在跳舞。四楼一个塞里曼先生——

祖伊停了下来。他把卡片在桌子上结结实实地摞了两下,就像打牌时常做的那样,然后把它们放回到最下面的抽屉里,关上了抽屉。

他再次支起胳膊肘,把脸埋在手里。这一次他一动不动地坐了几乎有半个小时。

等他再动起来的时候,感觉他就像个牵线木偶被谁使劲地拉了一下。他的第一个动作是迅速地拿起雪茄,然后那些吊在他身上的看不见的钢丝线又猛地把他拽到了另一张书桌前——巴蒂的书桌——上面有部电话机。

在这个新的位置上,他做的第一件事是把衬衫下摆从裤子里拉出来。他解开了衬衫上所有的纽扣,仿佛刚才跨出的三步把他带进了一个奇怪的热带区域。接着,他把雪茄从嘴里拿出来,交到左手,就那样拿在手里。右手把手绢从脑袋上拿下来,搁在电话机旁边,摆放的样子显然是要让手绢"随时待命"。然后他毫不犹豫地拿起电话,拨了一个本地号码。非常本地的一个号码。拨完号码,他从桌上拿起手绢,把它松松地盖在话筒上,拉得很高。他深吸一口气,静候在话筒边上。也许他本来可以把灭了的雪茄再点上的,但是他没有。

大约一分半钟之前,弗兰妮刚用颤抖的声音拒绝她母亲拿一碗"又热又鲜的鸡汤"进来,这是格拉斯太太在十五分钟内第四次提出鸡汤请求。这一次她是站着问的——实际上她人都已经出了客厅,在往厨房的方向走,看上去既忧心忡忡,又不失乐观。但是一听到弗兰妮的声音又开始发颤,她赶紧回到了椅子上。

格拉斯太太的椅子当然就在弗兰妮的边上。是个高度警惕的位置。大约十五分钟之前,弗兰妮感觉好了些,她坐起来左右环顾找她的梳子,格拉斯太太就把写字桌前的那把靠背椅搬了过来,靠着茶几放下。这是一个观察弗兰妮的最佳位置,而且观察者也可以轻易地拿到大理石茶几上的烟灰缸。

重新坐下后,格拉斯太太叹了口气,每每她的鸡汤被拒绝时,她通常都会这样叹上一口气。但是她,怎么说呢,她在"喂养孩子的运河"里开着巡逻艇来来回回这么多年了,这样的一声叹息根本不表示她认输了。她几乎立即就开口了:"如果你一点有营养的东西都不吃的话,我看你根本没法再有**力气**做什么事。**对不起**,但是我觉得不行。你的确是——"

"妈——求你了。我都说了二十次了。**请你别再跟我提鸡汤了**,行吗? 我一听就恶心——"弗兰妮打住了,她支起耳朵。"是电话在响吗?"她问道。

格拉斯太太早就从椅子里站起来了。她的嘴唇稍抿了一下。电话铃声,不管在哪里,是谁的电话,都会让格拉斯太太稍稍抿起嘴唇。"我就回来。"她说道,转身出了房间。她移动时发出的声音比往日更响些,就好像她和服口袋里的一盒家用钉子散开来了。

她走了大概有五分钟。回来的时候,她脸上带着一种特殊的表情,这种表情据她的长女波波描述,只可能代表以下这两种意思中的某一种:她跟某一个儿子通了电话,或者是她刚获悉一份报告,据最高权威称,世界上每个人的大便都在体内蠕动一周时间,其清洁程度和规律性接近完美。"巴蒂打来的。"她走进房间宣布道。她抑制住声音中有可能透露出来的欣喜,这是她最近几年的习惯。

弗兰妮对这则消息的反应明显不够热情。事实上,她看上去有点紧张。"他从哪里打来的?"她问道。

"我都没问呢。他听起来像是感冒得厉害。"格拉斯太太没有坐下来,一副伺机行动的样子。"快点,小姐。他要跟*你*说话。"

"是他自己说的吗?"

"**当然**是他说的!快点吧……穿上拖鞋。"

弗兰妮掀起粉红色的被单和淡蓝色的阿富汗毛毯。她坐在沙发边上,脸色苍白,抬头看着她母亲,显然是故意在拖延时间。她的脚在地上拌来拌去,找她的拖鞋。"你跟他说什么了?"她不安地问。

"请你乖乖地去接电话吧,小姐。"格拉斯太太模棱两可地说,"稍微**快**一点,真是的。"

"我猜你跟他讲我离死不远了。"弗兰妮说。没人理她。她从沙发上站了起来,不像刚动过手术在恢复期的病人那么虚弱,只是带着一丝胆怯和小心翼翼,好像她自己生怕,甚至是希望,会觉得有点头晕。她把拖鞋穿好,从茶几后面闷闷不乐地走出来,一面解开睡衣的腰带,再系好。大约一年前,在一封写给她哥哥巴蒂的信里,有一整段都是莫名其妙的自我贬低。她说自己的身材是"地地道道的美国式"。格拉斯太太刚好是年轻女孩身材和走路姿势的评判专家,她看着弗兰妮不由自主就想微笑,结果还是忍住了,只是抿了抿嘴唇。不过弗兰妮刚一走出她的视线,她的注意力就转移到了沙发上。很显然,从她的表情来看,这个世界上比一个用来睡觉的鸭绒沙发更让她讨厌的东西也不多了。她走到茶几和沙发中间的空当,开始挨个使劲拍打所有的靠垫。

弗兰妮经过大厅里的电话机,却没有停下来。她更喜欢多走一段路,到她父母的卧室里去接电话,那是这座房子里比较受欢迎的一部电话机。尽管她在穿过门廊的时候步态并没有什么特别的——她既没有磨蹭也没有很赶——然而随着她一步步往前走,她也一步步地变了一个人。好像她每走一步,就更年轻了一点。可能长长的门廊,加上新油漆的味道,加上脚下的报纸——可能所有这些东西加在一起对她来说就跟一个新的洋娃娃的马车一样。不管怎么样吧,等她走到父母卧室门口的时候,她那件定做的优雅的领带绸睡衣——也许是所有寝室时尚和诱惑的象征——看起来好像已经变成了一件小孩的羊毛浴袍。

格拉斯夫妇的卧室里有一股刺鼻的新漆墙壁的味道,强烈得几乎刺痛鼻腔。家具都堆在房间中央,盖着油布——油布已经很旧,上面都是油漆斑点,看上去像是有生命的。两张床也从墙边挪开,但是上面盖着格拉斯太太提供的棉布床单。电话正放在格拉斯先生睡的床的枕头上。很明显,格拉斯太太自己也更喜欢用这部电话而不是门廊里那部不那么私密的电话。话筒搁在话机旁边,正等着弗兰妮。看上去简直像个人一样在等着别人承认他存在的价值。为了到它的身边,去拯救它,弗兰妮不得不跋涉过铺满报纸的地板,跨过一只空的油漆桶。真到了话筒边上,弗兰妮却没有立即把它拿起来,而是在床上坐了下来,看了一会儿话筒,又看向别处,然后把头发甩到身后。床头柜平时摆在床的旁边,这会儿挪得更近了,弗兰妮不用站起来就能够到。她把手伸到盖在床头柜上的一张特别脏兮兮的油纸下面,摸索了一会儿,找到了她要的东西——一个瓷的烟盒和一盒放在铜架子上的火柴。她点上一支烟,然后又良久看着电话,眼神充满了忧虑。需要指出一点,除了大哥西摩,她其余几个哥哥在电话里的声音都有共鸣,洪亮就更不消说了。此刻,很可能弗兰妮没有勇气听到任何一个哥哥在电话里的声音,那样的音质,更别说他们有可能会说些什么话了。然而她不安地吐了几口烟之后,还是勇敢地拿起了话筒。"喂,是巴蒂吗?"她说道。

"喂,甜心。你好吗——你还好吧?"

"我很好。你好吗?你听起来好像感冒了。"没有听到直接的回答,她便接着说,"我想贝茜跟你说了半天我的情况了吧。"

"嗯——算是吧。又是,又不是。你知道的。你还好吧,甜心?"

"我很好。不过你听起来很怪。要么你感冒得厉害,要么就是线路太不好了。那你现在在哪儿呢?"

"我在哪儿?我就在我自己这儿,小家伙。我在路边一座闹鬼的小房子里。别管我在哪儿了。我们聊聊。"

弗兰妮不安地跷起二郎腿。"我不知道你到底要聊什么,"她说道,"我是说,贝茜都跟你说什么了?"

电话那头是非常典型的巴蒂式的沉默。就是这种沉默——随着年龄增长,沉默的内涵也在加深——在弗兰妮和电话那头那个表演大师小的时候,巴蒂的这种沉默曾经让他们俩忍无可忍。"嗯,我不太肯定她都跟我说了什么,甜心。过了某个点之后,贝茜在电话上说的话就不能听了,否则就是没礼貌。我听说你只吃干酪汉堡,这是肯定的。当然,还有那些朝圣者的书。然后我就坐着,电话放在耳朵边上,但是没有真的在听。你知道的。"

"哦。"弗兰妮说。她把烟递到拿话筒的手里,那只腾空的手又伸到油布下面的床头柜上，找出一只很小的陶瓷烟灰缸，就放在床上自己的身边。"你听起来很怪，"她说，"你感冒了吗，还是怎么了？"

"我感觉很棒，甜心。我正坐着跟你打电话，而且感觉很棒。听到你的声音我就开心。我无法描述。"

弗兰妮又用一只手把头发捋到身后。她没有说话。

"小东西？你能告诉我一些贝茜没说的事吗？你想跟我聊聊吗？"

弗兰妮用手指稍稍摆弄了一下身边的小烟灰缸。"嗯，我有点聊得倒胃口了。跟你说**实话**吧，"她说，"祖伊一早上都在跟我聊。"

"祖伊？他好吗？"

"他好吗？他很**好**。他好得**呱呱叫**。好得我能杀了他，就这么简单。"

"杀了他？为什么？为什么，甜心？你干吗要杀祖伊？"

"**为什么**？因为我做得到，就这么简单！他充满了破坏力。我一辈子都没遇过这么有破坏力的人！实在太莫名其妙！他一会儿拼命攻击耶稣祷告词——我碰巧正对这个感兴趣——让你觉得如果你对耶稣祷告词感兴趣,那简直就是个神经质的**傻瓜**。两分钟之后他又对着你胡言乱语,说什么耶稣是他在这个世界上唯一**尊敬**的人——非凡的**头脑**,诸如此类的。他真让人捉摸不透。我是说他总在兜圈子,兜可怕的**圈子**。"

"说说看。说说都是些什么可怕的圈子。"

弗兰妮不耐烦了,但她不该这时不耐烦的,因为她刚吸了一口烟,她咳嗽起来。"说说看!那我得说上一整天,就这么简单!"她一只手放到喉咙上,等着那股难受劲儿过去。"他就是个怪物,"她说,"他是怪物!不是真的**怪物**,但是——我不知道。他太**苛刻**了。他对宗教苛刻。对电视苛刻。对你和西摩苛刻——他总说是你们俩把我们俩变成了怪胎。**我**不知道。他从一个话题跳到——"

"为什么是怪胎?我知道他有那样的想法。或者说他认为自己有那样的想法。但是他有没有说为什么?他对怪胎的定义是什么?他说了吗,甜心?"

弗兰妮显然对这么幼稚的问题感到绝望,她伸手拍了一下自己的额头。她可能有五六年没做过这个动作了——上一次做这个动作是看完电影回家,莱辛顿大街的巴士已经开了一半,她才发现围巾忘在电影院了。"他的定义是什么?"她说,"他大概对所有的东西都有**四十个定义**!如果我听起来稍微有点**不正常**,那他就有理由了。有时候——像昨天晚上——他说我们是怪胎,因为我们从小到大只学了一套标准。**十分钟后他又说他是个怪胎**,因为他从不想跟别人出去喝一杯。唯一一次——"

"他从不想干吗?"

"跟谁出去**喝一杯**。哦,他昨晚被逼出去见一个写电视剧的作家,在市区的酒吧,格林尼治村什么的。就是那样说起来的。他说他唯一愿意见、愿意跟他们出去喝一杯的人要么死了,要么没空。他说他甚至从来不想跟任何人出去吃**午饭**,除非他见的这个人**很有可能**是耶稣本人——或者佛祖,或者六祖慧能,或者商羯罗,或者之类的。你知道的。"弗兰妮突然把香烟放到烟灰缸里摁灭了——有点狠狠,因为腾不出另一只手去平衡烟灰缸。"你知道他还对我说了什么吗?"她说,"你知道他反反复复跟我说了什么吗?他昨天晚上告诉我他八岁的时候在厨房里跟耶稣喝了一杯姜汁啤酒。你在听吗?"

"我在听,我在听……甜心。"

"他说他正——他真是这么说的——他说他正坐在厨房的桌子前,一个人,喝着姜汁啤酒,吃着咸饼干,读着《董贝父子》,突然,耶稣坐在另一把椅子里,问他能不能也给他一小杯姜汁啤酒。**一小杯**,你听到没有——他真是那么说的。我是说他就是会说那样的东西,可是他却认为他完全有资格来教训**我**,教我怎么做!**那才**是我生气的原因!我都能啐他一口!我真做得出!就像你自己在**疯人**院里,然后另一个病人穿成**医生**的样子过来给你搭搭脉什么的……真是可怕。他说啊说啊说啊。他不**说话**的时候,就抽雪茄,弄得满屋子味道。我闻了雪茄的烟味就难受,简直翻个身就要**死了**。"

"雪茄就像是用来压舱的,甜心。真没别的。如果他手里不拿根雪茄,他的脚就要飘起来了。我们就再也见不到我们的祖伊了。"

格拉斯家里有几个经验丰富的口腔体操能手,但是刚才最后的那句话可能只有祖伊才有本事不动声色地在电话里说出来。或者这是本叙述者的想法。弗兰妮可能也有同感。无论如何,她突然感觉到电话那头是祖伊。

她从床边站了起来。"行了,祖伊,"她说,"行了。"

对方有些迟疑地说道:"你说什么?"

"我说,行了,祖伊。"

"祖伊?怎么回事?……弗兰妮?你在听吗?"

"我在听。拜托你别搞了。我知道是你。"

"你到底在说什么呀,甜心?怎么回事?你说的祖伊是谁?"

"祖伊·**格拉斯**,"弗兰妮说,"拜托你别搞了。你这样一点也不好玩。我刚开始有点觉得——"

"你说格拉斯?祖伊·**格拉斯**?挪威人?个头挺敦实的那个,金发,运动——"

"**行了**,祖伊。拜托你别说了。够了就是够了。这一点都不好玩……我告诉你吧,我感觉糟糕透了。所以如果你有什么特别的话要跟我说,就请你快点说出来,然后**就别烦我了**。"最后三个被加重的字听起来有点走调,就好像是一不小心才说得那么强调的。

电话那头的沉默很奇特。弗兰妮也不由得感觉有些奇特。这种沉默让她不安。她又坐回到她父亲的床沿上。"我不会挂断你的电话的,"她说,"但是我——我不知道——**我累了**,祖伊。老实说,我感觉筋疲力尽。"她支起耳朵。但是没有回应。她跷起二郎腿。"你可以一整天都这样下去,但是我不行,"她说,"我一直都是洗耳恭听的那个人。你知道,这不是什么特别好玩的事。你以为别人都是铁打的。"她支起耳朵。她正想再开口时传来已经清理过的嗓音。

"我没以为别人都是铁打的,伙计。"

如此干脆的回答比起沉默不语来,反而让弗兰妮更加不安。她飞快地伸手从瓷烟盒里取出一支烟,但是并没有点上的意思。"嗯,有一天你会发现你就是那样以为的。"她说。她支起耳朵。她等着。"我是说,你打电话来有什么特别的原因吗?"她突然问,"我是说,你给我打电话有什么特别的**原因**吗?"

"没什么特别的原因,伙计,没什么特别的原因。"

弗兰妮等着。半响,那头又开口说话了。

"我想我打电话多多少少是想告诉你如果你愿意就继续念你的耶稣祷告词。我是说那是你的事。那是你的事。这个该死的祷告词真的不错,别听别人跟你说什么废话。"

"我知道。"弗兰妮说。她伸手去拿火柴,动作非常紧张。

"我觉得我从来没有真的想要**阻止**你念那个祷告词。至少我觉得是这样。我不知道。我不知道我他妈到底在想些**什么**。不过有一件事我**的确**是知道的。我像个**先知**一样地高谈阔论,我根本没有资格那么做。我们这家子已经有太多的先知了。这一点真是烦人。这一点让我有点害怕。"

说到这里他停了一会儿,弗兰妮利用这个小小的停顿略微挺直了背,就好像由于某种原因,舒服的姿势,或者更舒服些的姿势可能随时都能派上用场。

"这让我有点**害怕**,但是并没有把我吓傻。这得说清楚。我还不至于被**吓傻**。因为你忘了一件事,伙计。当你感到这种祷告的冲动,这种内心的**召唤**,你并没有马上跋山涉水,四处去寻找一位导师。**你回到了家里**。你不仅回到了**家里**,而且还他妈的精神崩溃了。所以如果从某个角度来看的话,你只能获得我们能在家里提供给你的低层次的心理咨询,再要别的可就没有了。至少你清楚我们这个疯人院里没有什么该死的别有用心的人。不管我们是什么吧,我们总归是**可靠**的,伙计。"

弗兰妮突然想用一只手把烟点上。她成功地推开了火柴盒,但是划火柴的动作过猛,整盒火柴都掉到了地板上。她飞快地弯腰捡起了火柴盒,散在地上的火柴就没去管了。

"我要告诉你一件事,弗兰妮。一件我**知道**的事。而且你听了别难过。不是什么坏事。如果你向往的是宗教生活,那么你应该知道你错过了这座房子里正在进行的所有的宗教活动。鸡汤都端到你面前了,你甚至都不知道这是一碗神圣的鸡汤,应该把它**喝下去**——这是贝茜在这个疯人院里给大伙做的唯一一种鸡汤。你倒**说说看**,跟我说说看,伙计。即便你真的走出去,踏遍整个世界寻找一个导师——精神领袖,圣人——请他告诉你该如何正确地念你的耶稣祷告词,即便如此,又有什么用呢? 一碗神圣的鸡汤端在你鼻子底下你都不知道,即使你见到了一个圣人,你**他妈**又怎么可能认得出他呢? 你倒跟我说说看?"

弗兰妮此时背已经挺得笔直笔直。

"我只是想问问你。我不是想让你难受。我让你难受了吗?"

弗兰妮答了一句什么,但是显然对方没有听见。

"什么?我没听见。"

"我说没有。你是从哪儿打过来的?你现在在哪儿?"

"哦,我在哪儿他妈的有什么关系?皮埃尔,南达科他州,看在上帝的分上。听我说,弗兰妮——对不起,别生气。听我说。我再说一两件很小的事,我保证说完就好了。不过顺便问一句,你知不知道去年夏天我和巴蒂开车去看你演戏了?你知道不知道有一天晚上我们看了你演的《西方世界的花花公子》?那晚**热**得要命,我跟你说。不过你知道我们去了吗?"

他应该是在等一个答复。弗兰妮站了起来,然后又立即坐下了。她把烟灰缸稍稍挪远一些,好像它很碍事似的。"不,我不知道,"她说,"没有人说过一句——不,我不知道。"

"嗯,反正我们去了。我们去了。而且我要告诉你,伙计。你演得棒极了。我说棒,我的意思就是棒。是你救了这出戏。连观众席里那些晒得黝黑的大蠢货们都知道。可是现在我却听你说你永远不会再进剧场了——我听你说这个,说那个。我记得那一季演出结束后,你回家说的那些夸张的话。哦,你那叫一个烦人呀,弗兰妮!对不起,但**的确如此**。你他妈有了一个**惊世骇俗**的大发现,演戏这一行充斥着唯利是图的家伙,还有屠夫。我记得你一副痛心疾首的样子,就因为剧场里的引座员没一个是天才。你是**怎么了**,伙计?你用不用脑子呢?就算你接受的是怪胎式教育,至少也得让它派用场呀,派用场。你可以从现在开始念耶稣祷告词,念到末日审判那一天,但是如果你意识不到超脱才是宗教生活中唯一重要的东西,那么我想你连**一寸**都前进不了。超脱,伙计,只有超脱。无欲。'停止一切欲念'。实话跟你讲吧,恰恰就是这种欲望让演员成为演员的。你干吗要逼我告诉你你早就知道的东西呢?在你的生命进程中——在这一世或者那一世,也可以这么说——你不仅有做演员,做女演员的欲念,而且你想做个**好**演员。你已经被牵绊住了。对于你欲念的结果,你不可能说抛弃就抛弃。因和果,伙计,因和果。你现在唯一能做的一件事,你唯一能做的一件**宗教性**的事,就是**演戏**。为上帝而演,如果你想的话——

215

做**上帝**的女演员,如果你想的话。还有什么比这个更美的?至少你可以试一试,如果你想的话——**试一试**没什么错。"他顿了顿,"你最好让自己忙起来,伙计。只要你转身,该死的**沙子**就会落到你身上。我知道我在说什么。在这个现象的世界里,你能找到时间打喷嚏就是运气好了。"他又稍微顿了顿,"我过去老是担心这个。我现在已经不担心了。至少我仍然爱约利克的骷髅[23]。至少我总有时间去爱约利克的骷髅。等我死了我想有一副值得尊敬的该死的骷髅,伙计。我**觊觎**一副值得尊敬的该死的骷髅,就像约利克的一样。**你也一样**,弗兰妮·格拉斯。你也一样,你也一样……啊,上帝,说话又有什么用?你从小跟我受的是一模一样的变态教育。如果你到现在还不知道你死的时候想要一副什么样的**骷髅**,不知道要怎么做才配**获得**这样的骷髅——我是说如果你到现在**还**不知道你应该**表演**,因为你是个女演员,那么说这些又有什么用呢?"

弗兰妮此刻一只手的手掌托着一边的脸颊,就像一个正牙痛得厉害的人。

"还有一件事。我保证是最后一件了。我要说的是,你上次回家的时候怨声连天,说受不了观众的愚蠢。从第五排传来的该死的'傻笑'。没错,没错——上帝知道这有多让人沮丧。我不是说这样的傻笑不讨厌。但是这跟你没有关系,真的。这不关你的事,弗兰妮。一个艺术家唯一关心的是追求某种完美,**按他自己的标准**,而不是别人的标准。你没有权利去想那些事情,我发誓。反正不能当真。你知道我的意思吗?"

沉默。两人同时耐心而又自然地陷入了沉默。弗兰妮看上去仍然像是一边牙痛得厉害,手继续托着脸颊,但是她的表情明显毫无怨意。

电话那一头的声音又响了起来。"我记得大概是我第五次上《智慧之童》节目的时候。沃特要演戏,我就代替了他几次——记得他那次演的戏吗?反正有一晚直播前我就开始闹别扭。我正要跟着维克出门,西摩让我擦擦皮鞋。我很生气。录音棚里的观众都是白痴,主持人是白痴,赞助商是白痴,我他妈的才不要为了他们擦皮鞋呢,我跟西摩说。我说我们坐在那里,**反正**他们也看不见我的皮鞋。他说不管怎么样擦擦皮鞋吧。他说为了那个'胖女士',擦擦皮鞋吧。我不知道他到底在说什么,但是他脸上是那个非常西摩的表情,所以我还是擦了。他从来没有告诉我那个'胖女士'到底是谁,但那之后我每次上节目前都会为那个'胖女士'擦皮鞋——你跟我一起上节目的那些年,如果你还记得的话。我想我也就漏了几次吧。我脑子里有了一幅特别特别清晰的那个'胖女士'的画面。我看到她一整天都坐在门口,拍着苍蝇,从早到晚收音机开得震天响。我想象中天非常热,她可能有癌症,而且——我不知道。反正西摩为什么要我在直播前擦皮鞋,我已经一清二楚了。他说得**有道理**。"

弗兰妮站着。她已经不再托着脸颊,而是两只手一起握着话筒。"他跟我也讲过,"她对着话筒道,"有一次,他对我说,为了那个'胖女士',来点好玩的东西。"她一只手放开话筒,放到头顶,又很快地收回去,再度两只手握着话筒。"我从没想象过她在门口,但是她有非常——你知道——非常粗的腿,上面有很多青筋。我想象她坐在一把很破的藤椅里面。不过她**也**有癌症,也整天把收音机开得震天响!我的'胖女士'也是那样的!"

"是的,是的,是的。好吧。现在我告诉你一件事,伙计……你在听吗?"

弗兰妮点点头,看上去异常紧张。

"我不在乎一个演员在哪里表演。可以是夏季轮演,可以是在收音机上,可以是在电视上,可以是在该死的百老汇剧场,下面是你能想象的最时髦、最脑满肠肥、晒得很黑的一群观众。但是我告诉你一个可怕的秘密——你在听我说吗?**他们中没有一个不是西摩的'胖女士'**。也包括你的图普教授,伙计。还有他成打成打的表兄妹。所有的地方,所有的人,他们都是西摩的'胖女士'。你难道不知道吗?你难道还不知道这个该死的秘密吗?你难道不知道——**听我说**——**你难道不知道那个胖女士是谁吗**?……啊,伙计。啊,伙计。那是基督他本人。基督他本人,伙计。"

此刻弗兰妮表达欣喜的唯一方式显然就是双手握紧话筒。

大概足足半分钟时间没有一句话,没有更多的语言。然后:"我没法再说下去了,伙计。"接着传来了话筒重新搁到电话机上的声音。

弗兰妮轻轻吸了一口气,但是继续把话筒贴在耳朵边上。当然,里面只有电话断了之后的拨号音。她看上去像是觉得这拨号音格外动听,仿佛这是可以取代最初的沉默的最好的声音。但是她看上去也知道该什么时候停止倾听,就好像不管这个世界上的智慧是多是少,现在突然都成了她的了。挂上电话之后,看上去她也知道接下来该干什么。她清理掉床上的烟灰缸、香烟、烟盒,然后拉开床罩,脱掉拖鞋,钻进了被子。她静静地躺着,对着天花板微笑,几分钟后便沉沉睡去,一个梦都没有做。

译者注

1. 萨拉·劳伦斯学院以及前文提到的史密斯学院、瓦萨学院及本宁顿艺术学院都是美国的私立文理学院,在小说出版的一九五〇年都为女校。其学生大多给人印象为时髦聪明,来自富裕家庭。萨拉·劳伦斯学院的女生尤其有艺术家气质。

2. 《花花公子》:这里是指爱尔兰作家辛格(1871—1909)的喜剧《西方世界的花花公子》。

3. 玛丽·贝克·艾娣(1821—1910):十九世纪下半叶美国"基督教科学会"的创始人,强调宗教的医治作用;其教会及阅览室在美国(尤其东北部)及其他地区仍然存在。

4. 布克·华盛顿(1856—1915):著名美国黑人教育家。

5. "蓝色希望"(Hope Blue):世界上现存最大的蓝色钻石。

6. 德鲁伊:古代凯尔特人的祭师。格拉斯太太是爱尔兰人,属于凯尔特人。

7. 瓦尔哈拉殿堂:北欧神话中主神奥丁接待战死者英灵的殿堂。

8. 带刺青的女人:此处祖伊是引用《莉迪亚,带刺青的女人》,一首一九三九年的流行歌曲,由E. Y.哈伯格(1896—1981)作曲,歌词描写一位叫莉迪亚的女人身上带各种典故的文身图案。

9. 末法时期:在印度教思想中,人类历史有四个时期,每一个都比前一个更没落。末法时期是当下也是最后一个时期,特点是寿数减短、健康变差,更多暴力和堕落。与此相对,第一个时期为圆满时代,特点是精神富足、寿数绵长、没有痛苦,人们坚守道义。

10. 积攒财宝:这里是指《圣经》中《马太福音》第6章19—21句:"不要为自己积攒财宝在地上,地上有虫子咬,能锈坏,也有贼挖窟窿来偷。只要积攒财宝在天上,天上没有虫子咬,不能锈坏,也没有贼挖窟窿来偷。因为你的财宝在哪里,你的心也在那里。"

11. 梅费尔口音:指伦敦某住宅区的口音,后成为上流社会的口音标志。

12. 马利亚:这里指"伯大尼的马利亚",马大是她的姐姐。《圣经·新约·路加福音》第10章38—42节,记录耶稣去了一个村庄,一个叫马大的女人不停地忙着各种琐事伺候耶稣和听道的人,而她的妹妹马利亚什么都不干,只是坐在耶稣身边听他讲道。马大于是向耶稣抱怨她的妹妹,而耶稣却回答说:"马大,马大,你为许多的事思虑烦忧。但是不可少的只有一件。马利亚已选择那上好的福分,是不能夺去的。"这个故事强调要把注意力集中在基督身上,而不是被世俗琐事牵绊。

13. 克里托:苏格拉底的朋友,曾提出资助他越狱,被拒绝。

14. 帕斯卡(1623—1662):法国数学家、物理学家、哲学家。

15. 坎普滕的托马斯(1380—1471):荷兰修士,可能是灵修著作《师主篇》(《效法基督》)的作者。

16. 《福者之歌》:印度教经典《摩诃婆罗多》的一部分。

17. 马克·奥勒留(121—180):罗马皇帝(161—180)。

18. 小林一茶(1763—1827):日本著名俳人。

19. 林·拉德纳(1885—1933):美国体育记者,著名幽默作家。
20. 高萨德神父(1675—1751):法国天主教传教士,他的言行录《父!随你安排》流传很广。
21. 《罗摩克里希纳福音》:罗摩克里希纳(1836—1886)是印度教神秘主义者,宗教哲学家。
22. 《无门关》:中国南宋时期的禅宗著作。
23. 约利克的骷髅:指《哈姆雷特》中宫廷弄臣约利克的骷髅,他曾是哈姆雷特的朋友,哈姆雷特对着这个骷髅有过几段著名独白。